高橋虫麻呂と山部赤人

Takahashi no Mushimaro & Yamabe no Akahito

多田一臣

コレクション日本歌人選061
Collected Works of Japanese Poets

笠間書院

『高橋虫麻呂と山部赤人』——目次

【高橋虫麻呂】

【山部赤人】

凡例

一、本書には、『万葉集』の中から、高橋虫麻呂と山部赤人の主要な作品を選んで載せた。

一、本書は、「作品本文・出典・現代語訳・鑑賞・脚注」「歌人略伝」「略年譜」「解説」「読書案内」からなる。

一、高橋虫麻呂も山部赤人も、作品の中心は長歌なので、可能な限りそれを取り上げた。

一、鑑賞は、短歌・旋頭歌の場合は一首につき見開き二ページとしたが、長歌の場合は原則として四ページ以上をあてた。なお、反歌など一部の歌については独立した作品としては掲げず、長歌の鑑賞文中に引用した場合もある（その場合、当該歌は太字で示した）。

一、「作品本文」は、原則として、多田一臣『万葉集全解』（筑摩書房）の訓み下しに、「現代語訳」も同書のそれに従った。『万葉集』の歌番号は、国歌大観番号（旧）に拠った。

高橋虫麻呂と山部赤人

高橋虫麻呂

01

鷲《わし》の住む　筑波《つくは》の山の
裳羽服津《もはきつ》の　その津の上《うへ》に
率《あど》ひて　娘子壮士《をとめをとこ》の
行《ゆ》き集《つど》ひ　かがふ嬥歌《かがひ》に
人妻《ひとづま》に　我《わ》も交《まじ》はらむ
我《わ》が妻《つま》に　人も言問《ことと》へ
この山を　領《うしは》く神の
昔より　禁《いさ》めぬ行事《わざ》ぞ
今日《けふ》のみは　めぐしもな見そ
事《こと》も咎《とが》むな
〔嬥歌は、東《あづま》の　俗語《くにぶりのことば》に「かがひ」と曰《い》ふ〕

鷲の住む筑波の山の、裳羽服津の、その津のあたりに、誘い合って男女が行き集まり、歌を掛け合う嬥歌で、他人の妻と私も交わろう。わが妻に他人も言い寄れ。この山を領有する神が、昔から禁じていない行事だ。今日だけは非難がましい目で見るな。することにも咎《とが》め立《だ》てをするな。

〔嬥歌は、東国の土地の言葉で「かがひ」という〕

【出典】万葉集・巻九・一七五九〔筑波山《つくばさん》の嬥歌《かがい》の歌〕

高橋虫麻呂《たかはしのむしまろ》は下級官人であったとされるが、その経歴はまったく知られていない。ただし、その作には常陸《ひたち》国を舞台するものが多く、養老三年（七一九）頃、常陸国守であった*藤原宇合《うまかい》の属官であったとする説が有力とされる。宇合は安房《あわ》・上総《かみつふさ》・下総《しもつふさ》国の*按察使《あぜち》も兼ね、虫麻呂の作にはそうした国々を舞台とするものも見られるから、宇合の下僚であったとする説は積極的に認められてよいだろう。虫麻呂を東国出身者とする説もあるが、中央から赴任した官人であったと見るのがよい。右の一首は、筑波山の嬥歌《かがい》の習俗を歌っており、常陸国を舞台とする歌になる。

筑波山は、男女二峰からなる霊山で、古来、神聖視されてきた。標高は八七七メートルと高くはないが、独立峰に近い山なので関東一円からもその姿をながめることができた。「西の富士《ふじ》、東の筑波」という言葉があるように、富士山《ふじさん》と対比されることも多い。*『常陸国風土記』筑波郡条にも、よく知られた次のような話がある。祖神が富士山に宿を乞うたところ、*新嘗《にいなめ》の物忌《ものいみ》を理由に拒絶されたので、それを恨んだ祖神は富士を一年中雪に覆われて、人の登らぬ山とし、物忌にもかかわらず、宿を貸してくれた筑波を、人が行き集い、遊楽する山にしたとする、いわゆる*外者款待《がいしゃかんたい》説話に分類される話であ

*藤原宇合―藤原不比等の第三子。式家の祖。天平九年（七三七）参議式部卿兼大宰帥正三位で薨。『万葉集』に和歌六首、『懐風藻』に詩六首を残す。

*按察使―養老三年（七一九）に創設された地方行政の監督官。一国の国守をこれに任命し、隣接の数か国を監督させた。

*常陸国風土記―いわゆる五風土記の一つ。和銅の官命によって編纂された常陸国の地誌で、養老末年頃までに成立したとされる。

*新嘗―その年の新穀を神に捧げて祈る祭り。女は各家ごとに厳重な忌み隠《ごも》りをして、外部者を内に入れない慣習があった。

*外者款待―異郷からやって

る。

筑波山に人が行き集い、遊楽したとあるのは、ここにいう嬥歌《かがい》を意味する。嬥歌は歌垣《うたがき》と同じものとされる。『常陸国風土記』香島郡条に「嬥歌の会《つどひ》〔俗《くにひと》、宇太我岐《うたがき》と云ひ、又加我毗《かがひ》と云ふ〕」とあり、カガヒは歌垣の東国方言であったことがわかる。カガヒは掛キ合ヒの約で、歌を掛け合う意という。歌の掛け合いがウタガキの語源だから、カガヒと歌垣は同じと見てよい。「嬥歌」は、『文選』*「魏都賦」の李善注に「巴ノ土人ノ歌也。…手ヲ連ネテ跳歌スル（踊り歌う）也」とあり、その文字を借用したものという。

歌垣は、東アジア一帯に広がる歌垣文化の中での考察が進められているが、その基本は、男女が求婚のため歌を掛け合うところにある。水辺や市、あるいは山や丘など、複数の共同体（村里）の境界にあたるような場所で行われたらしい。

筑波山の歌垣は、先の『常陸国風土記』筑波郡条に、

坂（足柄坂）より已東《ひむがし》の諸国の男も女も、春の花の開く時、秋の葉の黄《もみ》たむ節《とき》に、相携《あひたづさ》ひ駢闐《つらな》り、飲食《をしもの》を齎賚《もちき》て、騎《うま》より歩《かち》より登臨《のぼ》り、遊楽《たの》しみ栖遅《いこ》う。…詠《うた》へる歌甚多《にへさ》にして、載筆《の》するに勝《た》へず。

来る客を来訪神（まれびと）として待遇し、宿泊させたり、食事を供するなどして款待（歓待）すること。

＊文選―中国の詩文集。梁の昭明太子（粛統）の撰。六世紀前半に成立。我が国に早くに伝来し、支配層の必読書とされた。

とあり、文飾過多な記事ではあるものの、その様子を知ることができる。

本来、未婚の男女が配偶者を得るための習俗であり、右の歌に歌われるような、既婚者による乱婚的な性の解放があったかどうかは疑わしい。こうした乱婚を事実であったかのように捉える向きもあるが、子供が生まれたらどうなるのかを考えるだけでも、その不都合はあきらかである。生まれた子は神の子として育てる、とする説明をまことしやかに説く人もいるが、人間の感情を無視した俗説に過ぎない。ここはむしろ、東国の異風を、この歌の享受者である都の人々に、一種のエキゾチシズムとして感じさせようとするための誇張と見るべきだろう。そこに、虫麻呂がこうした歌を作る理由があったのである。そのことは、次に取り上げる「珠名娘子《たまなのおとめ》の歌」（03歌）で、さらに詳しく見ていくことにする。右の歌垣の記事の末尾に、土地の言い習わしとして、「筑波峰《つくはね》の会《つどひ》に、娉《つまどひ》の財《たから》を得ざれば、児女《こ》と為《せ》ずといへり（婚約の贈り物を貰《もら》えないようでは、一人前の男女とは見なさない）」とあるのは、やはり未婚の男女が集うのが、歌垣の場の本来であったことを示している。

02

男《を》の神に雲立ち登り時雨《しぐれ》降り濡《ぬ》れ通るとも我《わ》れ帰らめや

【出典】万葉集・巻九・一七六〇〔筑波山の嬥歌《かがい》の歌の反歌〕

男の神山に雲が立ち上り、時雨が降り、すっかりずぶ濡《ぬ》れになろうとも、私はどうして帰ったりなどしよう。

筑波山の嬥歌《かがい》の歌の反歌*である。嬥歌が歌垣の東国方言であることは、すでに述べた。歌垣の場は、長歌に「裳羽服津《もはきつ》の　その津の上《うへ》」とあった。筑波山は男女二峰からなるが、「裳羽服津」は女体山の麓とされる。「裳」は、女性の下半身を覆うスカート状の衣服のことだから、女峰の麓にふさわしい名といえる。ここを、筑波神社東南の夫女《ぶじょ》が原に比定する説もある。「裳羽服津」の「津」は港の意だが、『常陸国風土記』筑波郡条には、「その側の流

*反歌—長歌に添える短い歌。長歌の内容を要約・反復したり、それとは角度を変えて歌ったりする。

る泉は、冬も夏も絶えず」とあり、その水の流れが「津」と呼ばれたのかもしれない。

そこで、この反歌である。筑波山の男女二峰のうち、歌垣の場とされたのは女峰であり、男峰は聖なる山として登ることが禁じられていた。『常陸国風土記』筑波郡条にも「雄《を》の神と謂《い》ひて登臨《のぼ》らしめず」とある。そこに雲が立ち上り、時雨《しぐれ》が降るとあるのも、その山の聖性を示す表現と見てよい。もともと雨は天上世界に由来する水だから、この世界の水とは異なるものと考えられた。その雨の降る山は、天の霊威に満ちた聖なる領域と捉えられていた。時雨は、平安時代以降はもっぱら初冬の景物とされるようになるが、『万葉集』では晩秋から初冬にかけて降る通り雨を意味した。歌垣は春秋に行われたが、時雨とあることから、秋の歌垣であることが知られる。「帰らめや」は反語で、その場を立ち去らない強い意志の表明になるから、歌垣の場の讃《さん》美《び》にもつながる。

筑波山は、今日では「日本百名山」の一つに数えられ、男峰（男体山）にはケーブルカーが、女峰（女体山）にはロープウエイが通じていて、誰もが気軽に登れる山になっている。

03

しなが鳥《とり》　安房《あは》に継《つ》ぎたる
梓弓《あづさゆみ》　周淮《すゑ》の珠名《たまな》は
胸別《むなわけ》の　広き吾妹《わぎも》
腰細《こしぼそ》の　すがる娘子《をとめ》の
その姿《かほ》の　端正《きらきら》しきに
花の如《ごと》　笑《ゑ》みて立てれば
玉桙《たまほこ》の　道行《ゆ》き人は
己《おの》が行《ゆ》く　道は行かずて
召《よ》ばなくに　門《かど》に至りぬ
さし並ぶ　隣《となり》の君は
あらかじめ　己妻《おのづま》離《か》れて
乞《こ》はなくに　鎰《かぎ》さへ奉《まつ》る
人皆《ひとみな》の　かく迷《まと》へれば

しなが鳥の安房に続いている、梓弓の末――周淮の珠名は、広々と草を押し分けるほど豊かな胸の女で、すがる蜂のように細くくびれた腰をもつ娘であったが、その姿が輝くように美しいので、花のようににっこりと立っていると、玉桙の道を行く人は、自分の行く道は行かずに、呼びもしないのに、娘の門にやって来た。家並びの隣の主人は、前もって自分の妻を離縁して、求めもしないのに、家の鍵までも捧《ささ》げる。人が皆こうして心を迷わせたので、美貌にかまけて娘は淫らにふるまっていたということだ。

容艶《かほよ》きに　縁《よ》りてそ妹《いも》は
たはれてありける

【出典】万葉集・巻九・一七三八〔珠名娘子《たまなのおとめ》の歌〕

上総国の伝説的な美女である珠名娘子を歌った歌。

「周淮《すゑ》」は上総国の郡名。珠名娘子は、その地の伝説の美女だった。この歌は、その珠名の様子を「胸別の　広き吾妹　腰細の　すがる娘子」と歌っている。草を広々と押し分けるほど胸が豊かで、蜂のようにくびれた腰をもつグラマラスな美女であったというのである。肉体の豊満さをここまで赤裸々に讃美した歌は他に例がない。東歌《あずまうた》には性愛を強調した歌が少なくないが、それとも共通するところがある。当時の東国は、都と鄙《ひな》の対立項から除外された第三の地域と考えられていた。そこはまったくの異域であり、都人はそこに異質な文化の臭いを感じ取ったのである。『万葉集』の東歌は、そうした都人のエキゾチシズムをあえて刺激するような表現を積極的に取り入れている。

＊周淮―現在の千葉県君津市・富津市一帯の地。

＊東歌―東国の歌。『万葉集』は、東山道は信濃、東海道は遠江国から東の十二国の歌を、二百三十余首集める。東国の衆庶の声を伝える。

その結果が、濃厚な性愛描写として現れた。こうした意図はおそらく珠名の描写にも当てはまる。珠名の笑みを見た通りがかりの男は、呼ばれもしないのにその門前まで引き寄せられ、隣家の男は妻を離縁して、珠名に家の鍵を献上したとある。鍵には一家の財産管理を象徴する意味がある。中国では、一家の主婦を「帯鑰匙的（鍵を持つ人）」と呼んだという。

一首は、己《おのれ》の美貌をよいことに、珠名は放恣《ほうし》な行いに耽《ふけ》っていたのだ、と結んでいる。

反歌は、そうした珠名の行いをさらに具体的に描いている。

金門《かなと》にし人の来立《きた》てば夜中にも身はたな知らず出《い》でてそ逢《あ》ひける

（巻九・一七三九）

門口に男が立つと、たとえ夜中であってもわが身を顧みず外に出て逢《あ》ったというのである。夜中は外出の許されぬ禁忌《きんき》の時間だった。しかし、この長反歌の目的は、そうした珠名の行動を指弾するところにあったわけではない。虫麻呂の意図は、珠名という美女のありかたを描くことで、愛欲に憑《つ》かれることのおろかさを人びとに示すところにあったといえる。もっとも、そこには極端な誇張があり、そうした箇所には漢籍を典拠とする表現が見られることも指摘されているから、教訓性のみを前面に押し立てるのは適切とは言い難《がた》いかもしれない。しかし、愛欲の意味をより普遍的な問題として取り上げようとするところに、虫麻呂の意図があったと見るべきだろう。珠名の姿には神女の原像を留《とど》めたようなところもある。「その姿の　端正しきに」とあるキラキラシは、光り輝く理想の美しさを示す言葉だが、もともとは神女すなわち巫女《ふじょ》の属性を意味した。ならば、珠名が多くの男と通じることも必ずしも不思議なこととはいえない。そうした珠名の像を愛欲の問題として捉え返したのがこの虫麻呂歌だった。

なお、付言しておけば、右に述べたエキゾチシズムは、植民地時代の西洋のオリエンタリズムともきわめて類似している。E・サイード*によると、植民地の女たちは、限りない官能の魅力を発散し、多少なりとも愚かで、男に唯々諾々《いいだくだく》と従う存在として造型されるという（E・サイード『オリエンタリズム』）。この性的魅力をたたえた女の像は、珠名娘子の姿とぴたりと重なる。東国は、中央の側にとって新開の領土であり、植民地にも等しい意味をもっていた。こうした東国幻想を生み出すことで、王権は東国をその内側に抱え込み、国家としてのありかたを定位していったのではあるまいか。

＊E・サイード（一九三五～二〇〇三）パレスティナ出身の米国の批評家。コロンビア大学比較文学教授。『オリエンタリズム』（一九七八）

04

鶏《とり》が鳴く　東《あづま》の国に
古《いにしへ》に　ありけることと
今までに　絶えず言ひける
勝鹿《かつしか》の　真間《まま》の手児名《てごな》が
麻衣《あさぎぬ》に　青衿《あをくび》着《つ》け
ひたさ麻《を》を　裳《も》には織り着《き》て
髪だにも　掻《か》きは梳《けづ》らず
履《くつ》をだに　はかず行《ゆ》けども
錦綾《にしきあや》の　中につつめる
斎《いは》ひ児《ご》も　妹《いも》に及《し》かめや
望月《もちづき》の　足《た》れる面輪《おもわ》に
花のごと　笑《ゑ》みて立てれば
夏虫《なつむし》の　火に入るがごと

鶏が鳴く東の国に、昔にあったこととして今に至るまでに絶えず言い伝えてきた、葛飾の真間の手児名が、粗末な麻の衣に青襟《あおえり》を付け、麻糸だけを裳には織って着て、髪さえも櫛《くし》で梳《と》かすことなく、履物さえも履かずに歩いて行くのだが、錦や綾の中に包まれて大切に育てられた娘子でも、手児名にどうして及ぼうか。満月のように満ち足りた面差しで、花のように微笑《ほほえ》んで立っていると、夏の虫が火に飛び入るように、港に入るため船を漕ぐように、寄り集まって男たちが言い寄る時に、どれほども生きてはいられまいものを、どうしようとしてか、わが身の行く末をすっかり知り果て

港入《みなとい》りに　船漕《こ》ぐごとく
行《ゆ》きかぐれ　人の言ふ時
いくばくも　生《い》けらじものを
何すとか　身をたな知りて
波の音の　騒《さわ》く港の
奥つ城《き》に　妹《いも》が臥《こ》やせる
遠き代に　ありけることを
昨日《きのふ》しも　見けむがごとも
思ほゆるかも

て、波の音の騒ぐ港の墓所に、手児名は臥しておられる。遠い昔の代にあったことなのに、昨日見たかのように思われてならないことだ。

【出典】万葉集・巻九・一八〇七〔勝鹿の真間娘子の歌〕

入水《じゅすい》死した美女、勝鹿の真間娘子を歌った伝説歌である。山部赤人《やまべのあかひと》にも題材を同じくする伝説歌があるが、それは後で取り上げる。

勝鹿は下総国葛飾郡。東京都、埼玉県、千葉県にまたがる江戸川下流域の地。千葉県市川市には、現在も真間の地名が残る。真間娘子は、通称を真間手児名といい、その地の伝説的な美女だった。手児名は、異説もあるが、手に抱いて愛《いとお》しむ子の意らしい。

手児名は、貧しく粗末な身なりをしてはいるが、その美しさは比類なく、錦綾*の中で大切に育てられた裕福な娘たちでさえも到底及ぶところではなかった。男たちは手児名の魅力に吸い寄せられるように口々に言い寄ったが、手児名はわが身の行く末をはかなんで自死《じし》してしまった。これがこの歌の内容になる。

手児名の着る麻衣や麻裳《あさも》は粗末な身なりの形容だが、「髪だにも」以下の垂髪《すいはつ》・徒跣《とせん》*の描写は、貧しさだけの形容ではないことに注意する必要がある。なぜなら、そこに手児名の本性が示されているからである。

当時は、「結髪令」により、女は老女や巫女を除き、日中は髪を結い上げるのを原則とした。髪を梳《くしけず》らないのは、垂髪にしていたためで、そこから手児名の本性が巫女に近いものであったことがわかる。徒跣もまた、物に憑《つ》か

*錦綾―錦も綾も、色彩豊かで、華やかな美しい織物をいう。多く絹を用いた高級な品。

*垂髪・徒跣―垂髪は、女が結髪しないで、髪を長く垂らした状態。徒跣は履物《はきもの》を履かない状態。裸足《はだし》。

れた異常さを示す。*大津皇子《おおつのみこ》が刑死した際、妃《きさき》の山辺皇女が、垂髪・徒跣のまま夫のもとに走り殉死《じゅんし》したとする記事（「持統称制前紀」）も参考になる。

手児名が、言い寄る男たちになびくことなく自死したのは、巫女が人間の男との婚姻が許されない存在であったためだろう。その自死を入水死と見てよいのは、「波の音の」以下の表現がそれを暗示しているからである。

手児名が、花のような笑みを浮かべて立っていると、男たちはそれに惹《ひ》かれてやって来たとある。笑みは、笑いとは違って声を発しないが、対象を引きつけ、魅惑させる不思議な作用がある。それも手児名の属性の現れと見てよい。

「夏虫の…」は、手児名の魅力に抗することができず、思わず引き寄せられる男たちの比喩。『古今集』の「夏虫の身をいたづらになすことも一つ思ひによりてなりけり」（五四四・よみ人知らず）も思い起こされる。

この歌の反歌は、

勝鹿《かつしか》の真間《まま》の井《ゐ》を見れば立ち平《なら》し水汲《く》ましけむ手児名《てごな》し思ほゆ
（巻九・一八〇八）

とある。「葛飾の真間の井を見ると、始終やって来て水を汲んでおいでだっ

*大津皇子―天武天皇の皇子。母は天智天皇の娘大田《おおた》皇女。天武の崩御直後、謀反の疑いにより刑死。

ただろう手児名のことが思われてならない」というほどの意。「立ち平し」の「平し」は、絶えずそこにやって来て踏み平《なら》す意。

真間は崖を意味する地名で、そこに泉が湧いていたのだろう。市川市の国府台《こうのだい》の台地を背後にする亀井院には、いまも「真間の井」と称する井が残る。井はもともと神が来臨する聖所で、その神を迎える巫女がいた。手児名も井の聖水に奉仕する巫女であったと見てよい。それゆえ手児名は、理想の美女とされた。井に奉仕する美女を歌った歌には、

人皆《ひとみな》の言《こと》は絶ゆとも埴科《はにしな》の石井《いしゐ》の手児《てご》が言《こと》な絶えそね
（万葉集・巻十四・三三九八）

のような例もある。「世間の人のすべてが言葉を掛けてくれなくなっても、埴科の石井の手児の言葉だけは絶えないでくれ」くらいの意。「埴科」は信《しな》濃《の》国の郡名で、現在の長野県更埴市《こうしょくし》付近。「石井」は湧水を石で囲んだ井で、その聖水に奉仕する巫女が「石井の手児」と呼ばれている。ここでも「手児」とあることが興味を引く。この歌に限らず、井に奉仕する美女を恋歌の対象に歌った例は少なくない。

長歌で注意されるのは、後に取り上げる「水江《みずのえ》の浦島の子の歌」と同様、

この伝説の美女を描くのに際して、虫麻呂が語りの手法を用いていることである。語り手を内部に設定することで、語られる内容を客観的に叙事している。さらに語り手は、批評的言辞を差し挟み、叙事の内容に介入することで、聞き手の共感を呼び起こしている。「いくばくも　生《い》けらじものを」「何すとか　身をたな知りて」がそうした箇所にあたるが、手児名が入水した理由を、繰り返し訝《いぶか》しんでいる。物語文学の草子地*に近い言い回しといってもよい。結尾の部分も、語り手の感慨を示すことで一首を結んでいる。この歌でも、助動詞「けり」が基本的な時制に用いられているが、それもまた語り手の位置から伝承内容を叙事しようとする姿勢を示している。虫麻呂の伝説歌は、このような語りの手法を導入することで、新たな長歌の表現の可能性を切り開いたといえる。その一つの典型が、この「勝鹿の真間娘子の歌」になる。

なお、この歌にも、エキゾチシズムとしての東国幻想がつよく見られることをあらためて指摘しておきたい。

＊草子地―物語の地の文の中で、物語の展開や登場人物などについて、作者の批評的意見や感想などを直接に述べた部分。

05

埼玉《さきたま》の小埼《をさき》の沼に鴨《かも》そ翼霧《はねき》る　己《おの》が尾に降り置ける霜《しも》を掃《はら》ふとにあらし

【出典】万葉集・巻九・一七四四

埼玉の小埼の沼で、鴨が羽ばたきをして霧のように水しぶきをあげている。わが尾に降り置いた霜を払おうとするのであるようだ。

*題詞《だいし》には、武蔵《むさし》の小埼《おさき》の沼の鴨を見て作った歌とある。冬の歌である。歌体は旋頭歌《せどうか》。五七七音を繰り返す六句体の歌形である。

小埼の沼は、埼玉県行田市《ぎょうだ》の東南部付近にあった沼とされる。前にも述べたが、虫麻呂は常陸守であった藤原宇合の下僚であったらしく、宇合は安房・上総・下総国の*按察使《あぜち》も兼ねていたから、そうした国々にも虫麻呂は足を運

＊題詞―歌の前に置かれ、歌の詠作事情や趣意、作者などを記したもの。詞書と同様だが、『万葉集』では、題詞と呼ぶのが通例。

＊按察使―→01脚注参照。

び、そこを舞台とする歌を残している。そうした中で、武蔵国を訪れる機会もあったのだろう。

前句《ぜんく》は、小埼の沼で羽ばたきをして、霧のように水しぶきをあげる鴨の姿を描く。鴨は渡り鳥で、秋飛来して越冬する。後句《こうく》は、それを上毛《うわげ》や尾に降り置く霜を掃うためと見ている。

ここで問題なのは、鴨が単数か複数かということである。これはおそらく雌雄番《つが》いの鴨であろう。その理由は、『万葉集』に次のような歌があるからである。*遣新羅使人《けんしらぎしじん》が、旅の途次に誦詠《しょうえい》した古歌である。

…沖になづさふ　鴨《かも》すらも　妻と副《たぐ》ひて　我《わ》が尾には　霜《しも》な降りそと
白栲《しろたへ》の　翼《はね》さし交《か》へて　打ち払《はら》ひ　さ寝《ぬ》とふものを…（巻十五・三六二五）

雌雄の鴨が互いの羽を打ち交わし、そこに降る霜を払って、共寝する様子が歌われている。『枕草子』に「水鳥、鴛鴦《をし》いとあはれなり。かたみにゐかはりて、羽のうへの霜はらふらん程など」とあるのも参考になる。虫麻呂もまた、旅の独り寝ゆえに、寒さの厳しい冬の夜、そうした鴨の様子から、故郷に残した妻をなつかしく思い起こしたのだろう。もし鴨が単数なら、わが身をそのまま鴨に重ねていることになる。

＊遣新羅使人―奈良時代、朝鮮半島の新羅に派遣された使節。『万葉集』巻十五の前半部に、天平八年（七三六）派遣の遣新羅使人関連歌一四五首が収載される。

06

三栗《みつぐり》の那賀《なか》に向へる曝井《さらしゐ》の絶えず通はむそこに妻もが

【出典】万葉集・巻九・一七四五

三栗の中の那賀に向かい合っている曝井の流れが絶えないように、私も絶え間なく通おう。そこに妻がいてほしいものだ。

題詞には「那賀郡《なかぐん》の曝井の歌一首」とある。「那賀郡」は常陸国。現在の茨城県那珂郡《なかぐん》、東茨城郡の北部及び水戸市《みとし》一帯をいう。「曝井」は、女性たちが集まって布を曝《さら》したので、そう呼ばれたという。茨城県水戸市愛宕町《あたごちょう》滝坂の曝井が、その井に比定されている。現在は「萬葉曝井《まんようさらしい》の森」として整備され、曝井の跡とされる湧水池が残る。もともと井とは、掘抜井に限らず、湧水や川の流れの一部を堰《せ》き止《と》めた場所など、広く水場一般を意味する言葉だった。布を曝したというのだから、これも一定の広さをもつ水場だったのだろう。

上三句を序詞《じょことば》とする序歌様式の歌で、井の流れが絶えないところから、「絶えず」に接続させるが、形式的な序ではなく、実景としての意味ももつ。曝井で布を曝す女たちの中に、歌い手は妻にしたい女の像を求めているのだろう。

人びとの生活にとって水は不可欠だから、集落の中心には常に井があった。井を中心に集落が形成されたといってもいい。井は聖所であり、そこには聖水を管理する巫女《ふじょ》がいた。その巫女は、多くの男たちの憧憬《しょうけい》の対象でもあった。そのことは別の箇所でも述べたが、ここで歌い手が思い描く妻の像には、そうした理想の女の姿が重ねられているのだろう。

初句《しょく》の「三栗の」は枕詞《まくらことば》。栗《くり》のいがは、中の実を抱くように三つの実が収まっているところから、「中＝那賀」に接続させた。「那賀に向へる」の「那賀」は郡名でなく郷名で、現在の那珂郡那珂町を指す。愛宕町滝坂の曝井とは那珂川《なかがわ》を挟んで向き合うので、このように表現した。

この歌も、虫麻呂が現地に赴《おもむ》いた際に作られた歌だろう。

07

なまよみの　甲斐《かひ》の国
うち寄する　駿河《するが》の国と
こちごちの　国のみ中ゆ
出《い》で立てる　富士の高嶺《たかね》は
天雲《あまくも》も　い行《ゆ》きはばかり
飛ぶ鳥も　飛びも上《のぼ》らず
燃ゆる火を　雪もて消《け》ち
降る雪を　火もて消《け》ちつつ
言ひも得ず　名づけも知らず
霊《くす》しくも　座《いま》す神かも
石花《せ》の海と　名づけてあるも
その山の　つつめる海そ
富士川《ふじかは》と　人の渡るも

なまよみの甲斐の国、波のうち寄せる駿河の国と、その双方の国の真ん中から聳《そび》え立《た》っている富士の高嶺は、天雲も行く手を遮《さえぎ》られて滞《とどこお》り、空飛ぶ鳥も飛び上《のぼ》らない。頂《いただき》の燃える火を雪によって消し、降る雪を火によって消し続けて、言いようもなく、名づけようもなく、霊妙でいらっしゃる神であることだ。石花《せ》の海と名づけている湖も、その山がすっぽりと抱いている湖だ。富士川と呼んで人が渡る川も、その山に発する激流である。この日の本の大和の国の鎮めとしてもおいでになる神であることだ。宝ともなっている山であることだ。駿河にある富士の高嶺は、いくら見ても見飽きないことよ。

その山の　水の激《たぎ》ちそ
日《ひ》の本《もと》の　大和《やまと》の国の
鎮《しづ》めとも　座《いま》す神かも
宝《たから》とも　なれる山かも
駿河なる　富士の高嶺は
見れど飽《あ》かぬかも

【出典】万葉集・巻三・三一九〔富士山を詠める歌〕

山部赤人にも富士山を詠んだ歌があるが、これは後で取り上げる。虫麻呂の作としてここに掲げたが、作者について不審な点もある。詳細は省略するが、この長歌と一首目の反歌とを笠金村《かさのかなむら》*作とする説もある。ただし、笠村の歌風にはあわず、むしろ虫麻呂のそれに近いので、ここでも長反歌全体を

*笠金村―伝未詳。下級官人であったらしい。聖武朝の宮廷歌人で、行幸従駕の作が、養老・神亀・天平初年に残る。

虫麻呂の作として考えていく。

富士山は、古来聖なる山として尊崇《そんすう》の対象だった。独立峰であるため、遠くからもその偉容を望むことができた。虫麻呂は、常陸国に赴任した経験をもつから、そこでも絶えず富士山をながめていたに違いない。赤人歌でもそうだが、「富士山」は原文では「不尽山」と表記される。その永遠不変を讃美する意味がある。

この歌で注意を引くのは、富士山の位置を、甲斐国と駿河国の真ん中から聳《そび》え立っていると歌っているように、明確に定位しようとしていることである。さらに、富士山北麓の「石花《せ》の海」と、南麓に流れる富士川のさまとを、きちんと描写しており、駿河国側からの視点のみによって歌っている赤人の作とは、この点において大きな違いが現れている。もっとも、行政上は、駿河国の山とされていたらしい。

「石花の海」は、西湖《さいこ》・精進湖《しょうじこ》で、当時は一続きであったが、貞観《じょうがん》六年（八六四）十二月の噴火で二湖になった。「石花」は甲殻類カメノテの名で、海浜の石に付着し、殻から蔓《かずら》のような脚を出すので「石花」の文字を当てた。ここはセの音仮名に借りたので、具体的な意味はない。

長歌は、まず富士山の際だつ高さを強調する。天雲も行く手を遮られ、とあるのは、「頭を雲の上に出し」とある文部省唱歌「富士山」などと同様の発想が現れていておもしろい。赤人歌にも類似の表現が見られる。

この当時、富士山は噴煙を上げて盛んに活動していた。貞観六年の噴火の際には、駿河・甲斐国から報告が相次ぎ、駿河からの報告には「其勢甚熾。焼レ山方一二許里。光炎高廿許丈。大有レ声如レ雷」（『日本三代実録』貞観六年五月二十五日条）とある。「燃ゆる火を　雪もて消ち　降る雪を　火もて消ちつつ」とあるのも、誇張とはいえない。

富士川の描写も注意される。富士川は、甲府盆地で釜無川《かまなしがわ》・笛吹川を集め、富士山の西側を南下して駿河湾《するがわん》に注ぐ。富士山が源流ではないが、当時はそのように信じられたらしい。「富士川といふは、富士の山より落ちたる水なり」（『更級日記』）とした例もある。聖なる山には、その霊威を下流に伝える川が山裾を廻《めぐ》り流れているとされた。富士川もそうした川として意味づけられている。

結尾は、その富士山を、日の本の大和の国の鎮めとなる神、宝となる神として讃美している。雄渾《ゆうこん》な歌いぶりの現れた秀歌といえる。

08

富士の嶺《ね》に降り置く雪は六月《みなつき》の十五日《もち》に消《け》ぬればその夜《よ》降りけり

【出典】万葉集・巻三・三二〇〔富士山を詠める歌の第一反歌〕

富士の嶺《みね》に降り積もる雪は六月の十五日に消えると、すぐにその夜にはまた降ることだった。

「富士山を詠める歌」には、二首の反歌が付されているが、ここは第一反歌を掲げた。

旧暦では四月から六月が夏で、六月十五日は暑さの極点を意味する。富士の嶺の旧年から降り積もった雪はそこですっかり消えてしまうが、「その夜降りけり」とあるように、その夜にはもうその年の新雪が降り始めたことが歌われている。「降りけり」の「けり」は、現在まで継続する事実があらためて確認されたことを示す助動詞。

　これによって、富士の嶺には雪の覆《おお》わない日が一日とてないことが示される。このことは、実は富士山に対する最高の讃美の表現になる。もっとも、理詰めで読めば、六月十五日の何時間かは雪のない状態があったことになる。*『駿河国風土記』佚文《いつぶん》に「六月十五日ニソノ雪キエテ、子《ね》ノ時ヨリ下《しも》ニハ又フリカハル」とあるのは、この反歌が意識されているが、ならば「子《ね》ノ時」以前には何時間かは雪が消えていたことになる。しかし、それは屁理屈《へりくつ》に過ぎない。むしろ、富士山は絶えず雪が消えることのない山であったことが、このような表現によって強調されていると見るべきである。

　むろん、雪が消えないのは、その高さゆえである。しかし、一方で、聖なる山は雨や雪に絶えず接しているとする観念があったことを見ておかなければならない。天から降る雨や雪は、この世界のものではない。それゆえ、雨や雪には天の霊威が宿るとされた。富士山から雪の消えることがないのは、絶えず天の霊威に接していることを意味する。だからこそ最高の讃美の表現になりうるのである。*吉野山《よしのやま》が、絶えず雪や雨が降る山として歌われている（万葉集・巻一・二五）のも、同様な理由からである。

*駿河国風土記―古風土記の一つだが、現存しない。上記は、仙覚『万葉集註釈』所引の佚文。佚文は、散佚した文書の、一部残存するものをいう。

*吉野山―み吉野《よしの》の　耳我《みみが》の嶺《みね》に　時《とき》なくそ　雪《ゆき》は降《ふ》りける　間《ま》なくそ　雨《あめ》は降《ふ》りける　その雪《ゆき》の　時《とき》なきがごと　その雨《あめ》の　間《ま》なきがごと　隈《くま》もおちず　思《おも》ひつつぞ来《こ》し　その山道《やまみち》を

春の日の　霞《かす》める時に
住吉《すみのえ》の　岸に出《い》で居《ゐ》て
釣船《つりふね》の　とをらふ見れば
古《いにしへ》の　事そ思ほゆる
水江《みづのえ》の　浦島《うらしま》の子が
堅魚《かつを》釣り　鯛《たい》釣り矜《ほこ》り
七日《なぬか》まで　家にも来《こ》ずて
海界《うなさか》を　過ぎて漕ぎ行《ゆ》くに
海神《わたつみ》の　神の女《をとめ》に
邂《たまさか》に　い漕ぎ向ひ
相誂《あひあと》らひ　言《こと》成りしかば
かき結び　常世《とこよ》に至り
海神の　神の宮の

春の日が霞んでいる時に、住吉の岸に出て腰を下ろし、釣船が波に揺れ動いているのを見ていると、昔のことが思われてくる。水江の浦島の子が、鰹《かつお》を釣り、鯛を釣って調子に乗り、七日の間まで家にも戻って来ないで、海の境を越え過ぎて漕いで行くと、海の神の娘子《おとめ》に偶然にも漕ぎ合い、互いに求婚しあい誓約が成ったので契りを結び、常世の国に至り、海の神の宮の垣に隔てられた内側のりっぱな御殿に、手を取り合って二人で入ったままでいて、老いることもなく、死ぬこともなしに、永遠の時のままにいられたものを、この世の中の愚か者が、いとしい妻に告げ語って言うことには、

内の隔《へ》の　妙《たへ》なる殿に
携《たづさ》はり　二人《ふたり》入《い》り居《ゐ》て
老《おい》もせず　死にもせずして
永き世に　有りけるものを
世間《よのなか》の　愚人《おろかひと》の
吾妹子《わぎもこ》に　告《つ》げて語らく
須臾《しましく》は　家に帰りて
父母《ちちはは》に　事も告《の》らひ
明日《あす》の如《ごと》　我れは来《き》なむと
言ひければ　妹《いも》が言へらく
常世辺《とこよへ》に　また帰り来て
今の如《ごと》　逢《あ》はむとならば
この櫛笥《くしげ》　開《ひら》くなゆめと

「ほんのしばらくは家に帰って、父母に事の次第も告げ、明日にでも私は戻って来よう」と言ったので、妻が言うことには、「常世の方にまた帰って来て、今のように逢おうというなら、この櫛箱を決して開けてはならない」と、それほどまでにも堅く約束した言葉であるのに、住吉に帰って来て、家を見ても家も見つからず、里を見ても里も見当たらないので、不思議なことだと、そこで思うことには、「家を出て三年ばかりの間に、垣根もなく、家もなくなることなどあろうか」と思い、「この箱を開いて見たならば、元のように家はあるだろう」と、美しい櫛箱を少し開くと、白雲が箱から出て、常

そこらくに　堅《かた》めし言《こと》を
住吉《すみのえ》に　帰り来《きた》りて
家見れど　家も見かねて
里見れど　里も見かねて
恠《あや》しみと　そこに思はく
家ゆ出《い》でて　三歳《みとせ》の間《ほど》に
垣《かき》も無く　家失《う》せめやと
この箱を　開きて見てば
もとの如《ごと》　家は有らむと
玉櫛笥《たまくしげ》　少し開くに
白雲《しらくも》の　箱より出でて
常世辺《とこよへ》に　たなびきぬれば
立ち走り　叫び袖振り

世の方にたなびいて行ったので、立ち上がっては走り、大声に叫んでは袖を振り、ころげ回り、足摺りしながら、たちまちに意識が消え去ってしまった。若々しかった肌も皺が寄ってしまった。黒かった髪も白髪になってしまった。最後には息さえも絶えて、後にはついに命を落として死んでしまった。その水江の浦島の子の家のあった場所がありありと目に浮かぶ。

臥《こ》いまろび　足ずりしつつ
たちまちに　情消失《こころけう》せぬ
若かりし　肌も皺《しわ》みぬ
黒かりし　髪も白《しら》けぬ
ゆなゆなは　息さへ絶えて
後《のち》つひに　命《いのち》死にける
水江《みづのえ》の　浦島の子が　家所《いへどころ》見ゆ

【出典】万葉集・巻九・一七四〇〔水江《みずのえ》の浦島の子の歌〕

浦島伝説を歌った長大な歌。主人公の「水江の浦島の子」は、「雄略紀」二十二年七月条には、丹波《たんば》国余社《よさ》郡管川《つつかわ》の人とあり、『丹後国風土記《たんごのくにふどき》』*佚文には、与謝《よさ》郡日置《ひおき》里の日下部首《くさかべのおびと》の先祖の筒川嶼子《つつかわのしまこ》とある。もともとは丹波国の豪族日下部《くさかべ》氏の氏族伝承であったが、丹波国の国司であった伊預部連馬養《いよべのむらじうまかい》

*丹後国風土記―古風土記の一つだが、現存しない。浦島子の物語は、『釈日本紀』所引の佚文として見える。佚文→08脚注参照。

が、それを核としながら、大陸の神仙小説の影響を受けつつ、創作した物語であったとされる。それがいつか伝説として流布し、その過程の中で、舞台も摂津《せっつ》国住吉《すみのえ》に改められたらしい。それを素材にしたのが、本歌であったことになる。なお、丹後国は、和銅六年（七一三）四月、丹波国から分立、与謝郡は丹後国に属することになった。

　歌の表現に即してながめてみよう。この歌は、いわば額縁《がくぶち》的ともいいうる構造をもっており、内部に仮構された歌い手が浦島の子の伝承を叙事する表現形式を取っている。冒頭の四行は、歌い手が現在いる位置の確認から歌い起こされている。「住吉の　岸に出で居て」とあるから、歌い手は住吉の岸辺に腰を下ろしているのだろう。「釣船の　とをらふ見れば　古の事そ思ほゆる」は、その視野に波にたゆたう釣船が映じたことを歌っているが、その船は浦島の子が乗った船に変じていき、歌い手はいつのまにか過去の世界に誘い込まれていく。この部分の表現について、「この眼前にゆらゆらと揺れている釣船は、やがて非現実の世界へと現前の景をかえてゆく。よく映画の画面で、ゆらゆらと画面を揺らしながら回想の世界へと筋が運ばれてゆく。それと同じ手法である」（中西進『旅に棲む』[*]）とする指摘がある。なるほどその

＊『旅に棲む——高橋虫麻呂論』

通りといえる。

浦島の子は、堅魚《かつお》や鯛が釣れすぎたので、七日の間、家に戻るのも忘れて、ついに「海界《うなさか》」を越えてしまう。「海界」とは、海原の彼方《かなた》に幻想した異界との境界で、ここでは海神《わたつみのかみ》の世界との隔てになる。浦島の子は、そこで「海神《わたつみ》の神の女《をとめ》」と出会う。浦島伝説といえば、亀との出会いが想起されるし、『丹後国風土記』佚文もそのように語るが、ここには亀は現れない。亀は「神の女」の仮の姿だから、「海界」を越えてしまえば、亀である必要はないということだろう（三浦佑之*『浦島太郎の文学史』）。

海神の世界が「常世」と言い換えられていることに注意したい。「常世」は、海の彼方に幻想された不老不死の永遠の世界で、ここにもその印象がつよく現れている。以下、望郷の思いにとらわれた浦島の子の描写が続くが、大切なのは、そこに歌い手の視線の介入が見られることである。「老もせず　死にもせずして　永き世に　有りけるものを」「世間の　愚人の」がそれにあたる。浦島の子の行動への批判である。これは、聞き手の共感を形成する手法でもあるが、一方で、歌い手の位置がこれによって絶えず確認されてもいる。歌い手の視線をこのように介在させる方法は、語りのそれに近い。後の

（一九九三年　中公文庫）

* 『浦島太郎の文学史―恋愛小説の発生』（一九八九年　五柳書院）

物語文学における草子地《そうしじ》にも類似する。伝承を述べていく部分の文末は、基本的に「けり」によって統一されているから、これも物語の文体と重なるところがある。

浦島の子は、開くことを禁じられた「玉櫛笥《たまくしげ》」（お伽噺《とぎばなし》の「玉手箱」）を開けてしまうが、そこから「白雲」が出て、「常世」の方にたなびいて行ったとある。この「白雲」が何であったかについては諸説あるが、封じ込められていた浦島の子の魂であったと見ておきたい。その理由は、その後の描写にある。「立ち走り」以下の、走る、叫ぶ、袖振る、臥《こ》いまろぶ、足ずりするとあるのは、いずれも招魂《しょうこん》のための呪的行為だからである。魂が「玉櫛笥」の中にあるかぎりは、浦島の子は永遠・不変を保つことができたというのだろう。以下、現実の世界の時間を身に浴びた浦島の子の一瞬のうちの衰老のさまを描いている。「息さへ絶えて…命死にける」とあることから、生命の活動が息によって示されていたことがわかる。

末尾は、再度、歌い手の現在に戻る。「家所見ゆ」は、浦島の子の家のありかが目に映じて来る意。実際には跡形もないのだが、現実に引き戻されることで、その家のあとが現前して来ることを歌って、この一首を結んでいる。

＊草子地——04脚注参照。

この歌には、次のような反歌が付されている。

常世辺《とこよへ》に住むべきものを剣大刀《つるぎたち》己《な》が心からおそやこの君（巻九・一七四一）

「常世の方に住むはずのものを、剣大刀《つるぎたち》の刃《な》、その己《な》——おのれの心のせいで、愚かなことよ、この君は」くらいの意。「おそやこの君」のオソは「鈍」で、心の働きの鈍さを意味する。これも歌い手の批評の言葉になる。

長歌、反歌を通じて、浦島の子の行動は、歌い手によって、否定的に捉えられているように見える。しかし、どうやら虫麻呂の関心は、浦島の子の行動を通して、この世の中に人間が生きることの意味を問い直すところにあったらしい。浦島の子は「常世」に永遠の生を得て生きることを選ばず、この世に戻って死を受け入れた。歌い手は、たしかにそれを愚かな選択であったと評している。しかし、それをそのまま認めてよいわけではないだろう。虫麻呂は、歌い手のまなざしを通して、人間の生き方とは何であるのかを自問自答しているからである。有限な存在としてしか生きられない人間の運命への痛切な自覚がここにある。浦島の子を「世間の　愚人の」と指弾してはいても、人間はそうした「愚人」としての生を生きるしかないという苦い思いが、この言葉の裏に宿されている。

10

鶯《うぐひす》の　卵《かひご》の中に
霍公鳥《ほととぎす》　独《ひと》り生まれて
己《な》が父に　似ては鳴かず
己が母に　似ては鳴かず
卯《う》の花《はな》の　咲きたる野辺《のへ》ゆ
飛び翔《かけ》り　来《き》鳴き響《とよ》もし
橘《たちばな》の　花を居《ゐ》散らし
終日《ひねもす》に　鳴けど聞きよし
幣《まひ》はせむ　遠くな行《ゆ》きそ
我《わ》が屋戸《やど》の　花橘《はなたちばな》に
住み渡れ鳥

鶯の卵の中に霍公鳥は一羽《わ》だけ生まれて、お前の父である鶯に似ては鳴かず、お前の母である鶯に似ては鳴かない。卯の花が咲いている野辺から飛び翔っては、やって来て鳴き声を響かせ、橘の枝にとまっては花を散らし、一日中鳴いてはいるが聞きよいことだ。贈り物をしよう。遠くへは行くな。わが家の庭の花橘にずっと住みつづけよ、その鳥よ。

【出典】万葉集・巻九・一七五五〔霍公鳥の歌〕

題詞に「霍公鳥《ほととぎす》を詠める一首」とある。ホトトギスは、夏の景物を代表する鳥で、万葉人にもっとも愛好された。集中、いちばん多く詠まれた鳥である。同じ夏の景物である卯の花や橘の花と取り合わされることも多く、この歌でもそれが歌われている。

しかし、この歌が特異であるのは、托卵《たくらん》の習性を歌っていることだろう。ホトトギスはウグヒスなどの巣の中に卵を一個だけ生みつける。孵化《ふか》した幼鳥は他の卵を巣の外に捨ててしまうが、親鳥はホトトギスをわが子と思い、餌を与えて育てる。それが托卵である。「己《な》が父」「己が母」は親ウグヒスをいう。当然のことながら、同じには鳴かない。それどころか、雛《ひな》の段階でも、ホトトギスは親ウグヒスよりずっと大きくなる。そのホトトギスに小さなウグヒスが餌を与えているのは珍妙な図でもある。

反歌は「**かき霧《き》らし雨の降る夜《よ》を霍公鳥《ほととぎす》鳴きて行《ゆ》くなりあはれその鳥**」（巻九・一七五六）とある。空を一面に曇らせて雨が降る夜に遠く鳴き渡って行くホトトギスが歌われている。「行くなり」の「なり」は伝聞で、鳴き声からの推測になる。この長反歌には、虫麻呂のたしかな観察眼がよく現れている。

11

葦屋《あしのや》の　うなひ処女《をとめ》の
八年児《やとせご》の　片生ひの時ゆ
小放髪《をはなり》に　髪たくまでに
並び居《を》る　家にも見えず
虚木綿《うつゆふ》の　隠《こも》りて座《ま》せば
見てしかと　悒憤《いぶせ》む時の
垣ほなす　人の問ふ時
血沼壮士《ちぬをとこ》　うなひ壮士の
伏屋《ふせや》焚く　すすし競《きほ》ひ
相《あひ》よばひ　しける時は
焼大刀《やきたち》の　手《た》かみ押しねり
白真弓《しらまゆみ》　靫《ゆき》取り負ひて
水に入り　火にも入らむと

葦屋のうない処女が、八歳児のまだ充分に成長しきれていない時から、小放髪《おはなり》にして髪を束ねる年頃までに、隣に並んでいる家にも姿を見せず、虚木綿《うつゆう》のように家に閉じこもっておられたので、何とか姿を見たいものだと、心も晴れずにいらいらとする時に、周囲を取り囲む垣のように人々が求婚した時に、血沼壮士とうない壮士が、伏屋に火を焚くように、勢いに任せて争い、互いに求婚した時には、焼き鍛えた太刀の柄を押しひねり、白真弓を手に靫《ゆき》を背負って、水に入り、火の中にも入ろうと、立ち向かっては争った時に、わが処女が母に語って言うには「倭文手纏《しつたまき》のような賤しい自分

立ち向かひ　競《きほ》ひし時に
吾妹子《わぎもこ》の　母に語らく
倭文手纏《しつたまき》　賤《いや》しき我《わ》が故《ゆゑ》
ますらをの　争ふ見れば
生けりとも　逢ふべくあれや
ししくしろ　黄泉《よみ》に待たむと
隠《こも》り沼《ぬ》の　下延《したは》へ置きて
うち嘆き　妹が去《い》ぬれば
血沼壮士　その夜夢《よいめ》に見
取り続《つつ》き　追ひ行きければ
後れたる　菟原壮士《うはらをとこ》い
天仰《あめあふ》ぎ　叫びおらび
足ずりし　牙《き》嚙《か》みたけびて

のために、勇武な男子がこうして争うのを見ると、たとえ生きていたとしても、結婚することなどどうしてできよう。ししくしろの黄泉で待とう」と、隠り沼のようにひそかな心を置き残して、嘆きつつも処女があの世に行ってしまったので、血沼壮士はその夜に夢に処女を見て、すぐに続いて後を追って行ったので、後に残された菟原壮士は、天を仰ぎ、大声を挙げて叫び、地団駄を踏み、歯嚙《はが》みをしていきり立ち、相手の男に負けてはいられないと、腰に吊《つ》り下《さ》げる小剣を身につけて、ところの蔓《つる》のように後を尋ねてあの世に行ってしまったので、親族の者たちが寄り集まって、永い代

もころ男《を》に　負けてはあらじと
懸《か》け佩《は》きの　小大刀《をだち》取り佩き
ところづら　尋《と》め行《ゆ》きければ
親族《うがら》どち　い行《ゆ》き集《つど》ひ
永き代《よ》に　標《しるし》にせむと
遠き代に　語り継がむと
処女墓《をとめはか》　中に造り置き
壮士墓《をとこはか》　此方彼方《こなたかなた》に
造り置ける　故縁《ゆゑよし》聞きて
知らねども　新喪《にひも》のごとも
哭《ね》泣きつるかも

までの記念にしようと、処女の墓を中に造って置き、壮士たちの墓をその両側に造り置いたという、その由来を聞いて、私が直接に知ることではないが、新たな喪のようにも、声を挙げて泣いたことだ。

【出典】万葉集・巻九・一八〇九〔葦屋の菟原処女の歌〕

二人の男から求婚され、自死したウナヒ処女の物語を歌った伝説歌である。よく知られた伝承で、*田辺福麻呂《たなべのさきまろ》、大伴家持《やかもち》もこれを歌に詠んでいる。いわゆる二男一女型の伝承である。

ウナヒ処女は、題詞には菟原処女《うはらのおとめ》とあり、摂津《せっつ》国菟原郡の出身ゆえ、そう呼ばれたらしい。「葦屋の」とある葦屋は、菟原郡の地名で、現在の兵庫県芦屋市《あしやし》及び神戸市《こうべし》東部にあたる。ウナヒ処女のウナヒは、菟原の転ともいうが、よくわからない。

ウナヒ処女に求婚した二人の男は、それぞれ血沼壮士、ウナヒ（菟原《うはら》）壮士と呼ばれている。この二人の男が、互いに争うのを見かねて、処女は自殺する。どうやら入水死であったらしい。残された二人の男も、後を追って死んだので、その親たちは処女の墓を中に、二人の男の墓をその左右に造った。これが、この歌の内容になる。今も神戸市東灘区《ひがしなだく》には、処女の墓と伝えられる処女塚古墳、またやや離れてはいるが、その東西に、男たちの墓と伝えられる東求塚《もとめづか》古墳、西求塚古墳が残る。

この伝承は、後に『大和物語』*において詳しく展開される。それによると、二人の男に求婚された際、処女の親が、川に浮かぶ水鳥を射当《いあ》てた方に娘を

*田辺福麻呂―系譜・生没年等未詳。天平二十年（七四八）橘諸兄《たちばなのもろえ》の使者として越中国に下向。下級官人でありつつ、諸兄の家政機関に所属していたらしい。

*大和物語―歌物語。作者未詳。十世紀中頃に成立。当代歌人の贈答歌を中心とする世間話を収めるが、後半部には古伝承に取材した物語を収める。

やろうと約束したので、二人の男がそれぞれに射たところ、一方が頭を、一方が尾を射るといったありさまで決着がつかず、それを見た処女が、世をはかなんで川に身を投げたと語られている。処女の後を追って死んだ際も、「一人は（処女の）足をとらへ、いま一人は手をとらへて死にけり」とあって、死後に至るまで二人の男が争っていたと伝えている。

『大和物語』を直接の源泉とする能に『求塚《もとめづか》』*がある。この能では、二人の男を争わせたことが処女の罪とされている。死後受けるその報《むく》いのさまは、まことに凄絶という他はない。美しいということ、男を引きつけるその魅力が、いわば女の背負う業《ごう》として、処女に突きつけられているともいえる。いかにも中世的な女性観の現れた能といえる。

二人の男の名は、血沼壮士、菟原壮士と呼ばれている。『大和物語』は、それを、「一人はその国にすむ男、姓はうばらになむありける。いま一人は和泉《いずみ》の国の人になむありける。姓はちぬとなむいひける」と説明している。血沼は和泉国の古名で、現在の大阪府堺《さかい》市から岸和田市のあたりになる。一方、菟原壮士の名は、摂津国菟原郡に由来するから、菟原処女（ウナヒ処女）とは同郷であったことになる。葦屋あたりから見ると和泉国血沼は、大阪湾

＊求塚—能。四番目物。観阿弥の作か。『大和物語』のウナヒ処女伝説に基づく。

を隔てた対岸になる。ウナヒ処女にとって、菟原壮士は同郷、血沼壮士は異郷の男になる。

ここで興味深いのは『大和物語』の伝承である。男たちの墓を処女の墓の傍らに造ろうとした際、菟原壮士の親は、「この国の土を犯す」という理由で、血沼壮士をそこに葬ることを許さず、ために菟原壮士の親は、わざわざ和泉国の土を舟で運び、それで塚を築いたとある。

このことから、この伝承の背後に、村外婚の禁忌、他郷の者との恋を禁ずる共同体の論理があったことがうかがえる。そこで、注意したいのは、虫麻呂の歌の反歌である。二首あるが、二首目に次のようにある。

墓の上の木の枝《こえ》靡《なび》けり聞きしごと血沼壮士にし寄りにけらしも

（巻九・一八一一）

処女の墓の上の木の枝が血沼壮士の墓の方へ靡《なび》いていたと歌われている。ここから処女の心が血沼壮士に傾いていたことがわかる。このような目で、先の長歌をながめると、なるほど血沼壮士への心寄せがつよいことがうかがわれる。「血沼壮士　その夜夢に見」とあるように、自死した処女の姿は血沼壮士の夢にだけ現れている。処女の思いが血沼壮士にあったことはあきらかである。古代の夢は魂《たま》の出逢いの結果見るものとされていたから、二人の間には魂逢《たまあ》いがあったことになる。
一方、菟原壮士は、血沼壮士の死を聞いて、負けてはならじと後を追う。ここからうかがえるのは、ウナヒ処女と血沼壮士とは、先にも述べたように、村外婚の禁忌に抵触するような恋愛関係にあり、そこに同郷の菟原壮士が横《よこ》恋慕《れんぼ》し、その板挟みにあって処女が死を選んだとする筋書である。二男一女型とはいっても、二人の男の関係は対等であったわけではない。同じ伝説を歌った田辺福麻呂の歌でも、「古《いにしへ》の　ますら壮士《をとこ》の　相競《あひきほ》ひ」とあって、二人の男が対等に求婚したかのように歌われているが、その反歌には、
古《いにしへ》の小竹田壮士《しのだをとこ》の妻問《つまど》ひしうなひ処女の奥つ城《き》ぞこれ　（巻九・一八〇二）
とあって、「小竹田壮士」の名しか歌われていない。小竹田（信太）も和泉国の古名で、小竹田壮士は血沼壮士と同一人と見てよいから、ここでも対等の関係では捉えられていなかったことがわかる。共同体の禁忌がいかにつよかったかは、『大和物語』の墓を築く際の親同士のやりとりを見てもあきらかである。
一首目の反歌も示しておこう。

葦屋《あしのや》のうなひ処女《をとめ》の奥つ城《き》を行《ゆ》き来《く》と見れば哭《ね》のみし泣かゆ

（巻九・一八一〇）

「葦屋のうない処女の墓所を行き来のたびごとに見ると、思わず声を挙げて泣けてしまうことだ」くらいの意。先の田辺福麻呂の歌と同様、ウナヒ処女の墓を眼前にしての感慨を歌っている。

なお、長歌には助動詞「けり」が多用されるが、「けり」は伝承世界を聞き手の眼前に引き出す効果をもつ。語りの表現手法の導入はここにも見られる。

12

白雲《しらくも》の　龍田《たつた》の山を
夕暮《ゆふぐれ》に　うち越え行《ゆ》けば
滝《たぎ》の上《うへ》の　桜の花は
咲きたるは　散り過ぎにけり
含《ふふ》めるは　咲き継《つ》ぎぬべし
こちごちの　花の盛りに
見《め》さずとも　君がみ行《ゆ》きは
今にしあるべし

白雲の立つ龍田の山を夕暮に越えて行くと、激流のほとりの桜の花は、咲いていたのは散り果ててしまったことだ。蕾《つぼ》んでいるのはきっと続けて咲くだろう。あちこちの花の盛りにご覧にならなくても、あなたのご旅行はまさに今でこそあるべきだ。

【出典】万葉集・巻九・一七四九〔諸卿大夫等の難波下向の時の歌〕

天平《てんぴょう》四年（七三二）三月、難波宮《なにわのみや》の改造が一応の完成を見る。虫麻呂の庇《ひ》護《ご》者であった藤原宇合《うまかい》*は、当時「知造難波宮事」の職にあり、その最高責任者だったので、その関係もあって難波に下向《げこう》することになったのだろう。その際に詠まれたのがこの歌で、宇合に献じられたらしい。歌の中の「君」は宇合を指す。「諸卿大夫等」とあるが、「卿」は三位以上、「大夫」は四・五位の官人をいう。二組の長反歌からなるが、二組目の長歌を掲げた。

平城京から難波への道筋はいくつかあるが、龍田山の峠を越えるルートをたどったことがわかる。「滝」は激流をいう。大和川が大和から河内へ流れ下る亀瀬《かめのせ》あたりの激流だろう。

この歌は、その激流のほとりの桜が、一方で散り過ぎ、また一方で蕾のままであることの無念さを歌う。しかし、花の盛りに逢わなくても、いまこそが旅の好機なのだとして、その前途を祝福している。反歌は、

暇《いとま》あらばなづさひ渡り向《むか》つ峰《を》の桜の花も折らましものを（巻九・一七五〇）

とある。「暇があったなら難渋しつつも川を渡って、向こう岸の峰の桜の花を折りたいものを」くらいの意。「向つ峰」は、大和川の対岸の峰をいう。間近に見えるが、たやすくは届かない距離感が意識されている。この長反歌には、虫麻呂と宇合の関係がよく現れている。

*藤原宇合──→01脚注参照。

13

千万《ちよろづ》の軍《いくさ》なりとも言挙《ことあ》げせず取りて来《き》ぬべき男《をのこ》とぞ思ふ

【出典】万葉集・巻六・九七二

敵が千万の大軍であっても、いたずらな言挙げはせず、討ち平らげて来るはずの男子だと思う。

天平四年（七三二）八月、藤原宇合《うまかい》が西海道節度使《さいかいどうせつどし》に任じられた際に、その前途を祝福する目的で詠まれた長歌の反歌。節度使は、国際関係の緊張に伴い、西辺の軍備を固めるため諸道に派遣された監察官で、西海道節度使は九州全土及び壱岐《いき》・対馬《つしま》を統《す》べる役割を負った。

虫麻呂は、養老三年（七一九）以降、常陸国守であった宇合の属官であり、帰京後もその扈従《こしょう》関係はずっと続いていたらしい。この歌の背景にはそうした事情がある。『万葉集』の虫麻呂の歌は、「高橋虫麻呂歌集」所収歌が基本で、虫麻呂作であることを明記したのは、この長反歌のみである。

この反歌は、軍事的な大権を帯びて下向する宇合を、勇武な男子の典型として讃美している。

ここに見える「言挙げ」は、ある事柄を特殊な方法で言い立て、言葉の呪力を働かせる一種の言語呪術をいう。多くは神に向けた断定的な意思（誓言）の表明になる。危急存亡の際の「言挙げ」は必須と考えられたが、現実を乗り越える非日常的な力の発動であるがゆえに、むやみな「言挙げ」は危険視された。軍事的な行動に際しての「言挙げ」は、むしろ通例であったらしい。ここで「言挙げ」の不要を歌うのは、宇合への讃美になる。「言挙げ」などせずとも、敵を討ち平らげることのできる勇者だというのである。

ここに省略した長歌では、来春、つつじや桜の咲く時分、帰国なさるのを、龍田の岡のあたりまでお迎えに出ましょうと歌っている。

なお、『*懐風藻』には、節度使に任じられた際の感懐を詠じた、*宇合の五言詩が載るが、そこには東西の辺土に幾度も派遣されることを倦《う》む心境が示されており、この歌と重ねあわせるとなかなか興味深いものがある。

*懐風藻—漢詩集。天平勝宝三年（七五一）成立。淡海三船《おうみのみふね》の撰か。近江朝から奈良朝までの漢詩百二十編を収める。

*宇合の五言詩—「不遇を悲しぶ」と題する詩に「南冠《なんくわん》楚奏《そそう》に労《いたつ》き　北節胡塵《ほくせつこぢん》に倦《う》みぬ」とある。中国の故事に託して、東奔西走に明け暮れる我が身の境涯を嘆いている。

14

しなてる　片足羽川《かたしはがは》の
さ丹塗《にぬ》りの　大橋の上《うへ》ゆ
紅《くれなゐ》の　赤裳《あかも》裾《すそ》引《び》き
山藍《やまあゐ》もち　摺《す》れる衣《きぬ》着て
ただ独《ひと》り　い渡らす子は
若草の　夫《つま》かあるらむ
橿《かし》の実の　独りか寝《ぬ》らむ
問はまくの　欲《ほ》しき吾妹《わぎも》が
家の知らなく

しなてる片足羽川の、丹塗りの大橋の上を、紅の赤裳の裾を引き、山藍で摺り染めにした衣を着て、ただ一人渡っておられる娘子は、若草のような夫がいるのだろうか、それとも橿の実のように一人で寝ているのだろうか。求愛の言葉を掛けてみたいあの子の家がわからないことよ。

【出典】万葉集・巻九・一七四二〔河内の大橋の娘子の歌〕

題詞に、河内の大橋を一人行く娘子《おとめ》を見た歌とある。河内の大橋は、片足羽川の橋とあるが、所在については諸説ある。片足羽川も、柏原市《かしわらし》安堂町付近の大和川とする説、同じく同町で大和川に合流する石川とする説があって定まらない。この橋は、平城京と難波宮とを結ぶ公道に架けられた丹塗りの大陸風の華麗な大橋であろう。

その橋を、娘子がたった一人で渡っていく。その娘子の装いもまた華麗である。紅の赤裳に山藍を摺染めにした衣。紅と青の対象が実に鮮やかである。山藍はトウダイグサ科の多年草で、葉を摺りつぶして藍緑色の染料にした。赤裳の紅は、丹塗りの橋に映発する。娘子は、赤裳を裾引いていたとある。赤裳は官女の装いだが、それを裾引きながら去って行くというのは、理想の美女の姿を描く常套《じょうとう》でもある。『万葉集』には、

立ちて思ひ居《ゐ》てもそ思ふ紅《くれなゐ》の赤裳《あかも》裾引《すそび》き去《い》にし姿を　（巻十一・二五五〇）

と歌った例がある。右の歌の場合、何らかの事情で、女は男のもとを去って行ったのだろうが、物語的な幻想性がある。『日本霊異記』*上巻二縁は*狐《きつね》女房譚《たん》だが、正体が判明して夫のもとを去っていく女の姿を、

彼《そ》の妻、紅《くれなゐ》の襴染《すそぞめ》の裳《も》を著《き》て窈窕《さ》び（＝たおやかな様子で）、裳を裾引《すそび》きて

*日本霊異記—我が国最古の仏教説話集。弘仁年間の成立。薬師寺の僧景戒《きょうかい》の撰。奈良時代の説話が多く、因果応報の畏怖すべきことを説く。

*狐女房譚—異類婚姻譚の一つ。狐が美女に化けて、人間の男と通婚する話。正体が明らかになると、婚姻は破綻する。

逝《ゆ》く。

と描いている。美女に変じた狐が紅の裳裾を引きつつ男を惑わせるというのは中国伝奇小説の趣向らしいが、虫麻呂の歌で、歌い手が見た女にも、そうした世界を背景にしたような幻想性がある。何よりも舞台は、大陸風の丹塗りの華麗な大橋である。漢籍の影響がどこかにあるのだろう。

歌い手は、この娘子の姿を見て、夫がいるのか、それとも独り身なのかと想像する。「橿の実の　独りか寝らむ」とあるが、「橿の実」はドングリのことで、椀《わん》形の殻に一つの実しかつけないので、「独り」に接続させたという。『万葉集』では、ここにしか見えない枕詞である。興味深いのは、歌い手が、娘子を「吾妹」と呼び変えていることである。言葉を掛けたい娘子を、対関係の中で捉え返している。

この歌の反歌は、

大橋の頭《つめ》に家あらばうら悲《がな》しく独《ひと》り行《ゆ》く子に屋戸《やど》貸さましを

（巻九・一七四三）

とある。「大橋のたもとにわが家があるなら、どこか悲しげに一人渡って行くあの子に宿を貸そうものを」くらいの意。

「頭」は橋の詰《つめ》で、橋のたもとをいう。そこは歌垣の場でもあった。それゆえ男女の出逢いの場になる。それを「小集落《をつめ》」といった。

住吉《すみのえ》の小集《をつめ》楽に出《い》でて現《うつつ》にも己妻《おのづま》すらを鏡と見つも

（万葉集・巻十六・三八〇八）

住吉の橋のたもとの歌垣の場に出た男が、煤《すす》けた古女房と思っていた妻がきらきらしい美女であることに驚き、あらためて恋慕の心を起こしたという歌。「打橋の　頭《つめ》の遊びに　出《い》でませ子」（紀歌謡・一二四）と歌った歌謡もある。美女との出逢いの背後には、こうした歌垣の場の印象も揺曳《ようえい》していよう。

この長反歌の娘子との出逢いは、はたして現実のものだったのだろうか。歌い手の目に映じた華麗な幻影だったのではあるまいか。出逢いが事実であったとしても、ここに描かれた姿はあくまでも想像のものだろう。そもそも橋は一種の境界領域であり、しばしば不思議な存在との出逢いの場とされた。それゆえにまたこうした華麗な幻影が生まれた。橋のたもとが歌垣の場とされる理由もそこにある。

山部赤人

01

天地《あめつち》の　分《わか》れし時ゆ
神《かむ》さびて　高く貴《たふと》き
駿河《するが》なる　富士の高嶺《たかね》を
天《あま》の原　振り放《さ》け見れば
渡る日の　影も隠《かく》らひ
照る月の　光も見えず
白雲《しらくも》も　い行《ゆ》きはばかり
時じくそ　雪は降りける
語り継ぎ　言ひ継ぎ行かむ
富士の高嶺は

天地が初めて分かれた時から、始原の神々《こうごう》しさそのままに、高く貴い駿河の富士の高嶺を、天空も遙《はる》かに振り仰いで見ると、大空を渡る日の光も背後に隠れ、照る月の光も見えない。白雲も行く手を遮《さえぎ》られて滞り、その時となくいつも雪は降っている。いつまでも語り継ぎ、言い継いでいこう、この富士の高嶺は。

【出典】万葉集・巻三・三一七〔富士山を望める歌〕

よく知られた「富士山を望める歌」である。山部赤人《やまべのあかひと》は、神亀・天平年間（七二四～七四九）に活躍した宮廷歌人だが、六位以下の下級官人であったらしく、経歴等はほとんど知られていない。聖武天皇《しょうむてんのう》の行幸にしばしば従駕《じゅうが》して多くの歌を詠んでいる。旅の作も多く、その足跡は東は下総《しもつふさ》国から、西は伊《い》予《よ》国にまで及んでいる。赤人は、しばしば叙景歌人と評されるが、この富士山の歌は、その代表作とされることも多い。前に取り上げた高橋虫麻呂の富士山の歌とは、ずいぶん違った歌いぶりであることも注意される。

富士山の原文は、ここでも「不尽山」と表記される。永遠普遍を讃美する意味がある。

冒頭は、天地開闢《てんちかいびゃく》の始原から大きく歌い起こす。太初、世界は混沌《こんとん》としており、それが天と地に分れたとする神話（*神代紀《じんだいき》）が踏まえられている。以下、この山の超越性を二組の対句《ついく》を用いて表現している。日月の光を遮り、雲の運行をも妨げるほどの高さが讃美される。「渡る日の　影も隠らひ」のカゲは、日の光のこと。光を放つ実体も、それが作る陰影もともにカゲと呼ばれた。月影、星影も、月や星そのものを意味する。

「振り放け見れば」は、単なる遠望ではなく、霊的な対象を振り仰ぐ意。

*神代紀――『日本書紀』の神話を記述した冒頭の二巻。天地開闢の始原から説き起こし、天孫降臨を経て、神武天皇の誕生までを記す。

一種の呪的行為で、対象との交感をはかる意味がある。富士山の超越性は、そこからもうかがうことができる。

「時じくそ　雪は降りける」は、富士山には、時節を問わず、雪が降り積もっていることを歌う。虫麻呂歌でも述べたことだが、天から降る雨や雪にはつよい霊威が宿ると信じられていた。そこで、雨や雪に絶えず覆われる山は聖なる山として意識された。夏でも真っ白な雪を頂く富士山は、まさしくそうした山として捉えられている。

反歌は、「百人一首」にも採られた、よく知られた歌。

田子《たご》の浦ゆうち出《い》でて見れば真白《ましろ》にそ富士の高嶺《たかね》に雪は降りける

（巻三・三一八）

「田子の浦を通って視界の展《ひら》けたところに出て見ると、真っ白に富士の高嶺に雪は降っていたことだ」というほどの意。

田子の浦の地は、現在の静岡県富士《ふじ》市の田子の浦港付近ではなく、薩埵《さった》峠《とうげ》の西、＊庵原《いはら》川流域であったらしい。『＊更級日記』の上洛《じょうらく》の記にも、清見が関、田子の浦の順に記されており、上野守となって下向する田口益人の二首の歌（万葉集・巻三・二九六〜七）にも、その順（『更級日記』とは逆順だが）で配列さ

＊庵原川─静岡市清水区の高山に源を発し、南東に流れて、清水港に注ぐ川。
＊更級日記─菅原孝標女《すがわらのたかすえのむすめ》

れている。静岡、清水地方には、田子の浦は薩埵峠のずっと西にあったとする伝承も残されているという（松村博司「更級日記帰京の旅の地理的錯誤について」『名古屋平安文学研究会会報』昭五三・四）。

歌い手は、田子の浦を出て、薩埵峠を東に越えたのであろう。そこで、急に視界が展《ひら》け、山に隠れて見えなかった雪を頂く富士の雄姿が大きく立ち現れた。この一首は、それを目にした感動の一瞬を歌っている。「雪は降りける」の「ける」は気づき・発見の「けり」。なるほど、名歌の名に恥じない。

この長反歌を見ると、「叙景」の意味をあらためて考えさせられる。「叙景」は近代の学術用語で、その使用は明治三十年代以降のこととされるが、「叙景歌」の概念の普及はさらに遅れて、昭和以降のことになるという。その普及に際しては、正岡子規の「写生説」の流れを汲むアララギ派歌人の果たした役割が大きいという（梶川信行『万葉史の論　山部赤人』*）。もっとも、この長反歌を見ると、その自然描写のありようは「写生」とはほど遠い。自然そのものの背後に霊的な意志の存在がはっきりと知覚されているからである。そこに赤人の「叙景」の独自性があったというべきだろう。

の日記。康平三年（一〇六〇）頃の成立。東国で過ごした少女時代の回想に筆を起こし、晩年、信仰の世界に魂の安住を求めるに至るまでの精神遍歴を描く。

*『万葉史の論　山部赤人』「読書案内」120頁参照。

02

やすみしし　わご大君の
高知《たかし》らす　吉野《よしの》の宮は
畳《たた》なづく　青垣隠《あをかきごも》り
川並《な》みの　清き河内《かふち》そ
春へは　花咲きををり
秋されば　霧《きり》立ち渡る
その山の　いやますますに
この川の　絶ゆることなく
ももしきの　大宮人《おほみやひと》は
常に通はむ

あまねく国土を支配なさるわが大君が、高々とお治めになる吉野の宮は、幾重にも重なり合った青い垣のような山々の内に囲まれ、川の流れの清らかな河内であることだ。春の頃には枝もたわわに花が咲き、秋になると霧が一面に立ちこめる。その山がいよいよ重なりあい、この川が絶えることがないように、ももしきの大宮人は変わることなく通うことだろう。

【出典】万葉集・巻六・九二三〔吉野讃歌《さんか》〕

右の「吉野讃歌」は、二組の長反歌からなるが、ここは第一長歌を掲げた。「吉野讃歌」の制作年次をめぐっては諸説あるが、巻六編者はこれを神亀二年（七二五）五月の聖武天皇*の吉野離宮行幸時の作と見ている。疑問も残るが、とりあえずはそのように解しておく。

この長歌には、柿本人麻呂《かきのもとのひとまろ》「吉野讃歌」（巻一・三六〜三九）の影響がつよく現れている。詞句の襲用《しゅうよう》も著しい。それゆえ、人麻呂の亜流とみなされ、世評もそれほど高いとはいえない。

人麻呂の「吉野讃歌」は、吉野離宮に臨む持統天皇*を、山川の神をも従えるような超越的かつ絶対的な存在として歌っている。一方、この長歌では、吉野の山川は、むしろさながらの自然として歌われている。この歌は、吉野離宮の宮讃《みやぼ》めを目的としており、それを取り囲む自然は、むしろ帝王の徳を調和的に支えるものとして描き出されている。

持統は女帝であり、皇位継承の不安定さを絶えず意識せざるをえない立場に置かれていた。ために持統は、己《おのれ》の存在を絶対的な君主として定位することを目指した。持統の度重なる吉野行幸には、天武皇統の始原の聖地に立ち戻り、それによって創業の精神を再確認する意味があった。人麻呂の「吉野

＊聖武天皇―第四十五代天皇。在位七二四〜七四九年。文武天皇皇子。母は藤原宮子。藤原不比等の娘光明子を皇后とした。孝謙（称徳）天皇は、その皇女。

＊持統天皇―第四十一代天皇。在位六九〇〜六九七年。天智天皇皇女。天武天皇皇后。大宝二年（七〇二）崩。

讃歌」の背景には、右に述べたような事情が存在する。そこで、その「吉野讃歌」においては、持統は超越的・絶対的な存在として讃美されなければならなかったのである。

一方、聖武《しょうむ》の場合には、事情は相当に異なっている。内実はともあれ、律《りつ》令《りょう》体制は表面的には安定し、そうした中、聖武はいわば理想の帝王、理想の君主として、この吉野の地に臨むことになる。山川の自然が調和的に描き出される理由はそこにある。

その自然もまた、『論語』*雍也篇の「智水仁山」の観念によって裏打ちされている。「智者は事理に達して物事に停滞しないことは水のようであり、仁者は義に安んじて妄動しないことは水のようである」とする観念であり、山水の自然は、どちらも帝王の徳の現れとされた。

山水の自然に囲繞《いにょう》された吉野の離宮は「畳なづく　青垣隠り」と表現されている。ここにも人麻呂の詞句の襲用があるが、「青垣隠り」とするところに目新しさがある。「青垣」は、周囲の山を垣に見立てた表現だが、もともと青垣の内は、来臨した神の隠《こも》る聖所とする観念があった。重畳《ちょうじょう》する山々に囲まれた離宮の所在は、これによって理想の空間として定位されたことにな

＊論語―中国の経書。四書の一つ。孔子の言行や弟子との対話などの記録で、門弟らによって、漢代頃にまとめられたらしい。

る。その離宮の地に、大宮人が絶えず通い続けることを、未来にわたり祝福することで、この長歌を結んでいる。

反歌二首は、赤人の代表的な名歌と評されることが多い。

み吉野の象山《きさやま》の際《ま》の木末《こぬれ》にはここだも騒《さわ》く鳥の声かも

ぬばたまの夜《よ》の更《ふ》けゆけば久木生《ひさきお》ふる清き川原に千鳥しば鳴く

（巻六・九二四〜九二五）

前者は「み吉野の象山《きさやま》の谷間の梢《こずえ》では、こんなにもさえずりあう鳥の声であることよ」、後者は「ぬばたまの夜が更けていくと、久木《ひさき》の生える清らかな川原に千鳥がしきりに鳴くことだ」というほどの意。

前者だが、これまで島木赤彦《しまきあかひこ》*の評価がこの歌を理解する際の基本とされてきた。この歌は、中古・中世の歌学書等に言及されることはなく、ほとんど注目されることのない歌だったが、近代に入るときわめて高く評価されるようになった。その中心にいたのが赤彦だった。赤彦は、『万葉集の鑑賞及び其《そ》の批評』*において、自著『歌道小見』の一部を引用しつつ、この歌について「一首の意至簡にして澄み入るところがおのずから天地の寂寥《せきりょうそう》相に合している」と述べ、その上で「寂しいけれども勢いがあり、勢いがあるけれども、

＊島木赤彦―アララギ派の歌人。一八七六〜一九二六年。伊藤左千夫に師事。写実・写生主義に立脚した短歌を詠んだ。

＊『万葉集の鑑賞及び其の批評』「読書案内」119頁参照。

それが人麻呂のごとき豪宕《ごうとう》な勢いでなくて、虔《つつま》しく潜《ひそ》ましき勢いである」と評している。今日では、こうした見方を否定する見解も少なくないが、案外とこの歌の本質を突いた評ではないかと思われる。この歌の特質は、先にも述べたように、吉野離宮の地を山川の自然の調和する空間として描くところにあるが、その調和のありようは「天地の寂寥相に合している」とする評とも重なるからである。

以下、注釈的に見ていこう。一首目の「象山」は、吉野の離宮の南正面、吉野川《よしのがわ》の対岸に見える山で、喜佐谷《きさだに》を隔てて三船山と並ぶ。その谷間の梢でさえずりあう鳥たちが歌われている。さながらの自然であり、それゆえこの歌は「叙景歌」であるともいえる。とはいえ、鳥のさえずりは祝意の現れとも見なせるから、単なる自然詠とも言いがたいところがある。

この歌は早朝の場面を歌う。木々に集り、さえずる鳥たちは、日が昇ると一斉に飛び立つ。それゆえ、ここに歌われているのは、日の出前の光景になる。

二首目の「久木」は、アカメガシワのこととされる。トウダイグサ科の落葉高木で、夏に淡黄色の花が咲く。別にキササゲとする説もある。他の歌では「歴木」とも表記され、久しい時を歴《へ》た、聖なる木として意識されたらしい。そこにも吉野の聖空間を示す意味がある。

この歌は、夜の川原の光景を歌っている。「ぬばたまの」は「夜」に接続する枕詞だが、ヌバには身にまとわりつくような深々とした闇の質感が意識されている。そうした漆黒の闇の中、千鳥の鳴く音《ね》が響く。一首目もそうだが、とりわけこの二首目は、その対象となる世界を、聴覚中心に捉えようとしている。「千鳥しば鳴く」は、同じ行幸時に笠金村*が詠じた長歌（巻六・九二〇）にもほぼ同様な句が見える。しかし、赤人歌では、千鳥の鳴く音が、あたかもその静謐《せいひつ》さを乱す精霊のさやぎであるかのように捉えられており、そこに示された独自な感覚世界は金村歌のものとは相当に違っている。

なお付言しておけば、この長反歌はきわめて構成的に作られている。長歌は吉野の山川を歌うが、それはそのまま反歌の一首目（山）と二首目（川）に引き継がれている。反歌の二首はまた、朝と夜の光景を対比的に歌い分けている。その意味で、この長反歌は自然詠ではあるが、単なる「叙景歌」ではないことがわかる。赤人は、決して生の自然そのものを歌っているのではない。詞句の襲用はあるにしても、人麻呂とはまた違ったありかたで、吉野の自然に向かいあっているというべきだろう。

*笠金村──→07脚注参照。

03

あしひきの山にも野にも御猟人《みかりびと》さつ矢《や》手挟《たばさ》み騒《さわ》きてあり見ゆ

【出典】万葉集・巻六・九二七〔吉野讃歌の反歌〕

あしひきの山にも野にも、御狩りにお仕えする人が獲物をねらう矢を手に挟み持ち、にぎやかに動き回っているのが見える。

「吉野讃歌」の第二長歌の反歌。赤人の表現の本質を考える上で興味深い問題があるので、反歌のみを掲げた。

長歌は、群臣を従えて狩りの場に出《い》で立《た》つ「大君」の姿を歌う。吉野離宮は吉野川の辺《ほとり》の宮滝の地に営まれたが、その対岸の御園《みその》地区にも施設が置かれ、群臣たちは舟で対岸とを行き来した。その奥の秋津《あきづ》一帯には野が広がり、そこが絶好の狩り場とされた。

そこで、この反歌だが、山や野に獲物を求めて動き回る群臣たちの姿を描いている。問題となるのは、結句の「騒きてあり見ゆ」である。「騒き」の原文は「散動」で、入り乱れて動くさまを示す。中西進氏は、このサワキについて、以下のような卓抜な見方を示している。ここからは騒々しい響きが想像されるが、それを受けるのは「見ゆ」で、騒いでいるのが聞こえるとはいわない。赤人にとって、音を聴くことは視覚的な体験であった、というのである。さらに、第一長反歌の反歌一首目の「ここだも騒く鳥の声」についても、音を有しながら静寂を極める表現であると評している（中西進編『高市黒人・山部赤人』*）。赤人の表現の本質を捉えた大切な指摘であろう。

この視覚優位ともいうべきありかたは、一方で、古代人の感覚のありようにも通じている。古代人は、どうやら聴覚や嗅覚といった感覚を個別的ではなく、むしろ視覚を中心とする全身的な感覚として受けとめていたらしい。ニホフ（匂ふ）やキク（聞く・聴く）といった言葉の用例を見ると、そのことが確かめられる（多田一臣『古代文学の世界像』*に詳述した）。叙景歌人と評される赤人が、視覚優位の人であることは間違いないが、それはまた古代人の感覚の大きな特徴でもあったのである。

＊『高市黒人・山部赤人』（二〇〇五年　おうふう）
＊『古代文学の世界像』（二〇一三年　岩波書店）

04

古《いにしへ》に　ありけむ人の
倭文機《しつはた》の　帯解《と》き交《か》へて
伏屋《ふせや》立て　妻問《つまど》ひしけむ
葛飾《かつしか》の　真間《まま》の手児名《てごな》が
奥《おく》つ城《き》を　こことは聞けど
真木《まき》の葉や　茂りたるらむ
松が根や　遠く久しき
言《こと》のみも　名のみも我は
忘らえなくに

昔いたという男が、倭文織《しつお》りの帯を互いに解き交わして、粗末な妻屋《つまや》を作って、妻問いをしたという、葛飾の真間の手児名の墓はここだとは聞くのだが、真木《まき》の葉が茂ってしまっているのだろうか、松の根のように遠く久しいことになってしまったのだろうか、言い伝えだけでも、その名だけでも、私は忘れられないことだ。

【出典】万葉集・巻三・四三一〔葛飾の真間娘子の歌〕

真間娘子《ままのおとめ》を歌った伝説歌である。この歌も、先の富士山の歌と同様、高橋虫麻呂と共通の素材を取り上げている。歌いぶりの違いはここでも大きい。虫麻呂が娘子の描写に筆を費やし、男たちを惑乱《わくらん》するその魅力的な姿を歌っているのに対して、赤人は娘子の具体的な描写にはまったく立ち入らない。ただ、娘子のもとに通う男のさまと、娘子の墓とを歌っているばかりである。「古に　ありけむ人」がその男になるが、「帯解き交へて」には、近年別の理解も示されているので、少しだけ触れておく。原文には「帯解替而」とあり、これを男が粗末な帯を立派な帯に解き替えて娘子のもとに通ったと見るのがその新たな理解になる。「倭文機《しつはた》」の「倭文《しつ》」は倭《やまと》の文《あや》で、外来の織物《おりもの》に対して日本古来の織物をいう。質朴な模様だから、綾錦《あやにしき》のような外来の織物に較《くら》べれば、たしかに粗末といえる。しかし、もし男が帯を取り替えたのなら、このような歌い方になるのは不自然であり、「綾錦の　帯に解き替え」のように歌ったに違いない（梶川信行『万葉史の論　山部赤人』）。ここでも、通説に従い、現代語訳に示したままで考える。

男は「伏屋」を作って妻問いしたとある。「伏屋」は、縦穴式の屋根の低い粗末な小屋で、ここは妻と隠《こも》る妻屋（寝屋）を意味する。すると、虫麻呂の歌の娘子とは、やや違った像が浮かび上がる。娘子は誰か特定の男を通わせていたことになるからである。多くの男たちから言い寄られた虫麻呂の娘子とは異なる像があったことになる。

歌い手は、娘子のもとに通った男の心情に寄り添いつつ、その墓を訪ねようとする。しかし、生い茂る「真木の葉」に隠れて、そのありかは判然としない。そこで、せめて娘子の名とともに、その言い伝えだけでも忘れることがないようにしよう、と結んでいる。直接歌われているわけではないが、近くを通りかかった歌い手が、このあたりに娘子の墓があると聞き、探してはみたものの、見出《みいだ》すことができなかったというのであろう。なお、「奥つ城を　ここととは聞けど」以下の対句表現には、柿本人麻呂の「*近江荒都歌《おうみこうとか》」の詞句の襲用が見られる。

反歌は二首ある。

我も見つ人にも告《つ》げむ葛飾《かつしか》の真間《まま》の手児名《てごな》が奥《おく》つ城《き》どころ

葛飾の真間の入江にうちなびく玉藻刈りけむ手児名し思ほゆ

（巻三・四三一～四三三）

前者は「私もたしかに見た。人にも語り伝えよう。葛飾の真間の手児名の

＊「近江荒都歌」―柿本人麻呂が、壬申の乱で廃墟となった近江京（近江大津宮）の地霊慰撫を目的として作った歌。

墓のありかを」、後者は「葛飾の真間の入江になびく美しい藻を刈ったという、手児名のことが思われてならない」というほどの意。

前者は、その所在が判然としなかった墓をやっと見出し得た喜びが表現されている。だからこそ、その場所がここだと人にも告げようというのである。ならば、長歌と反歌の間には、一つの展開があったことになる。この歌の題詞は「葛飾の真間娘子の墓を過ぎし時に（墓の辺を通りかかった時に）」とあり、右の展開が意識されている。

後者は生前の娘子のさまを歌っている。「玉藻刈りけむ」とあるから、ここから思い浮かぶのは海人娘子《あまおとめ》の姿である。虫麻呂の歌では、井の聖水に奉仕する巫女《ふじょ》の印象がつよいから、相違はここにも見られる。真間娘子の名はおそらく下総一帯に広く知られていたのだろうが、その像はどうやら定まったものではなかったらしい。

なお、題詞の「葛飾の真間娘子」には、「東の俗語《あづまくにぶりのことば》には「かづしかのままのてご」といふ」との注記がある。「俗語」は、その土地の言葉の意。東国ではカヅシカと濁ることへの注だが、題詞や長反歌の原文は「勝鹿」「勝壮鹿」とあり、ここはあえてカツシカのままで訓《よ》んでおく。

05

すめろきの　神の命《みこと》の
敷《し》き座《い》ます　国のことごと
湯はしも　多《さは》にあれども
島山《しまやま》の　よろしき国と
こごしかも　伊予《いよ》の高嶺《たかね》の
射狭庭《いさには》の　岡に立たして
うち思《じの》ひ　言思《ことしの》ひせし
み湯の上《うへ》の　木群《こむら》を見れば
臣《おみ》の木も　生《お》ひ継《つ》ぎにけり
鳴く鳥の　声も変はらず
遠《とほ》き代に　神《かむ》さびゆかむ
幸《いでま》しどころ

現人神《あらひとがみ》である歴代の天皇がお治めになっている国のすべてに、温泉は数多くあるけれども、島山のすぐれた国として、岩根《いわね》も凝《こ》り重なって険《けわ》しいことよ、伊予の高嶺、その射狭庭の岡にお立ちになって、往昔《おうせき》を偲《しの》び、言葉に託して懐古なさった聖なる出湯《いでゆ》のほとりの木々を見ると、臣《おみ》の木も生長し続けている。鳴く鳥の声も変わっていない。遠く将来の代までも神々しくなって行くだろう、この行幸の地は。

【出典】万葉集・巻三・三二二〔伊予の温泉の歌〕

伊予の温泉《ゆ》は、いまの愛媛《えひめ》県松山市の道後温泉《どうごおんせん》。山部赤人がなぜ伊予に出向いたのかは明らかでない。しかし、赤人は官人だから、私的な旅ではあるまい。もともと山部氏は、伊予につながりがある。「顕宗紀」に、来目部小楯《くめべのおだて》を山官《やまのつかさ》に任じて山部連《やまべのむらじ》の姓《かばね》を賜ったとあり、「清寧紀」等には、その小楯を伊予来目部小楯と紹介しているからである。そこから、山部連の祖先が、伊予国久米郡《くめぐん》にいた来目部であったことが確かめられる。そうした山部氏の遠祖の地であったことも、赤人がこの歌を詠む契機になっていただろう（尾崎暢殃*『山部赤人の研究〔増訂版〕』）。

この歌は、伊予の温泉に舒明天皇《じょめいてんのう》や斉明天皇《さいめいてんのう》が行幸した往時を偲び、さらにこの地を讃美する言葉で一首を結んでいる。

表現を見ていこう。冒頭は、伊予の温泉のすばらしさを歌う。「湯はしも多にあれども」は、同種の多くのものの中から一つを選ぶ土地讃《ほ》めの類型表現。以下、海上からながめた伊予の山並みが「島山の　よろしき国」と歌われる。「伊予の高嶺」は、その中にひときわ高く聳《そび》える石鎚山《いしづちやま》をいう。四国のみならず西日本の最高峰である。「こごしかも」とあるように、その険阻《けんそ》なことは、後に修験道の行場とされたことからもうかがえる。

*『山部赤人の研究〔増訂版〕』（一九七七年　明治書院）

「射狭庭の岡」は、道後温泉の裏の岡で、いまは伊佐爾波《いさにわ》神社が建つ。仲《ちゅう》哀《あい》天皇が神功《じんぐう》皇后とともに行幸した際の行宮《かりみや》の場所とされる。この歌では、そこを石鎚山からの山続きの岡と見ている。

以下、解釈に議論がある。まず「岡に立たして」の主語だが、ここは斉明天皇と見るべきだと考える。その後の「うち思《じの》ひ　言思《ことしの》ひせし」の主語も斉明天皇と見ておく。その根拠は、赤人がここで『万葉集』巻一・八の左注に引用される『類聚歌林《るいじゅうかりん》』*の次の記事を意識していると思われるからである。

天皇（斉明）、昔日《いにしへ》のなほし存れる物を御覧《みそこなは》して、当時《そのかみたちま》忽ちに感愛の情《こころ》を起したまふ。そゑに因《よ》りて歌詠《みうた》を製《つく》りて哀傷《かなし》びたまふ。

斉明天皇は、皇后時代、夫の舒明天皇とともにこの地を訪れたことがあった。その後、即位後の斉明天皇七年（六六一）正月、百済《くだら》救援の軍船派遣に際して、斉明天皇はこの曽遊《そうゆう》の地に滞在し、亡夫ともに見た風物がそのままに残されていることに感慨を覚え、そこで歌を詠じたというのが、この記事の内容になる。

「うち思《じの》ひ　言思《ことしの》ひせし」は、斉明天皇のその様子を歌っているのだろう。もっとも、「うち思ひ」は本文に問題がある。諸本原文はすべて「歌思」とあり、

*類聚歌林──山上憶良が編纂した歌集。現存しない。憶良が首皇子（後の聖武天皇）の侍講であった際、皇室関係歌の成立事情を説明するために作られた歌集とする説がある。

ここを「歌思ひ《うたおも》　言思ほしし《ことおも》」と訓み、斉明天皇が歌の詞句を思い案じたと解する説もあるからである。だが、「歌」や「言」を「思ふ《おも》」の対象とするのは不自然である。そこで、しばらく「歌」を「敲」の誤りとする誤写説に従い、ここを「敲思」と見て、右に述べた訓みを採用しておく。ただし、斉明天皇の行動に敬語がないのは、なお不審が残る。

「うち思ひ《じの》　言思ひ《しの》」のシノフは、近くの媒材を通して、時空を隔てて存在する対象に心を向けるのが原意で、ここは残された風物から斉明天皇が往《おう》昔《せき》を思い起こしたことをいう。

「臣の木も」以下の四句も、舒明天皇の行幸時の出来事が踏まえられている。『伊予国風土記』佚文《いつぶん》に、臣の木と椋《むく》の木に鵤《いかるが》と比米《ひめ》鳥とが集まり、天皇が稲穂を与えて養ったことが見える。天皇の慈愛を強調する話だが、これとほぼ同内容の記事が『万葉集』巻一・六の左注にも見える。「鳴く鳥の」以下は、これを意識する。なお「臣の木」は、未詳。一説に樅《もみ》の木の転かともいう。赤人は、風土記の副本を伊予国で実見する機会があったのだろう。

さらに、この地が遠い代までますます神々しくあることを祝福して一首の結びとしている。

なお、道後温泉本館神の湯の湯釜にこの歌が刻まれていることも紹介しておく。

反歌は、次のような一首。

ももしきの大宮人《おほみやひと》の飽田津《にぎたつ》に船乗《ふなの》りしけむ年《とし》の知らなく　（巻三・三二三）

「ももしきの大宮人が飽田津で船遊びをしたというその年が、いつの昔であったのか知れないことだ」というほどの意。

この反歌は、先にも記した斉明天皇の百済《くだら》救援に際して、天皇一行が伊予の湯の宮に滞在した際、額田王《ぬかたのおおきみ》が詠じた次の一首、

熟田津《にきたつ》に船乗《ふなの》りせむと月待てば潮《しほ》もかなひぬ今は漕《こ》ぎ出《い》でな　（巻一・八）

を踏まえている。伊予の湯の宮の所在地は、かつては道後温泉とされたが、松山市郊外の来住《きし》町で回廊状遺構が発見され、ここを宮跡とする説が有力とされる。「熟田津」は松山市付近にあった港で、その所在は松山市古三津《ふるみつ》説、同和気《わけ》町、堀江町説などがある。ニキタツは、穏やかな港の意だが、一方でニギタツとも解され、その場合はニギハヒ（賑ひ）のニギに通じて、繁栄を意味した。「飽田津」の表記は後者の意らしい。この歌は、従来、額田王が斉明天皇に成り代わって詠んだものとされ、筑紫《つくし》に向かって軍船が熟田津を

進発する際に詠まれた祝福の歌として説明されることが多かった。しかし、夜の船出は危険であり、むしろ、神事の船遊びを歌ったものと見るべきだろう。斉明の伊予滞在は二月《ふたつき》に及び、筑紫到着は三月下旬になってからのことになる。迅速を旨とする軍事行動にはそぐわない。しかも七月には斉明は筑紫で崩御する。伊予滞在は斉明の病気療養が目的だった可能性もある。軍船の大半は、中大兄《なかのおおえ》が率いて、すでに筑紫に向かっていたのだろう。

赤人のこの反歌は、右のような理解の傍証になる。ここからは、軍船進発の緊張感はうかがえない。船遊びと解したのはそれゆえである。赤人がこの歌を詠んだのは、すでに六十年以上が経過した後のことになる。「年の知らなく」には、過ぎ去った昔を思い起こしたことへの感慨がよく現れている。

06

みもろの　神《かむ》なび山に
五百枝《いほえ》さし　繁《しじ》に生《お》ひたる
樛《つが》の木の　いや継《つ》ぎ継ぎに
玉葛《たまかづら》　絶ゆることなく
ありつつも　止《や》まず通はむ
明日香《あすか》の　旧《ふる》き都は
山高《やまだか》み　川とほしろし
春の日は　山し見が欲《ほ》し
秋の夜《よ》は　川しさやけし
朝雲《あさくも》に　鶴《たづ》は乱れ
夕霧《ゆふぎり》に　かはづは騒《さわ》く
見るごとに　哭《ね》のみし泣かゆ
古思《いにしへ》へば

神の降臨するみもろの聖なる山に、枝をたくさんにさし伸ばし、葉をびっしり生い茂らせている樛《つが》の木のようにますます次々に、玉葛のように絶えることなく、いつまでもずっと通い続けようと思う明日香の古い都は、山も高く川も雄大である。春の日には山を見たいと思い、秋の夜には川音がさやかである。朝雲に鶴は乱れ飛び、夕霧に河鹿《かじか》は鳴き騒ぐ。この光景を見るたびに思わず泣けてしまう。古き都の過ぎ去った時を思うと。

【出典】万葉集・巻三・三二四〔神岳に登る歌〕

題詞に「神岳《かみをか》に登りて山部宿禰赤人の作れる歌一首」とある。明日香旧都への讃美・鎮魂歌である。「神岳」は、明日香の神なび山で、雷丘《いかずちのおか》説、橘寺南東のミハ山説の二説がある。カムナビは「神の辺《べ》」の転で、神の降臨する聖なる山や森を意味する。「みもろの　神なび山」とあるミモロも同義で、それを称辞《たたえごと》風に重ねている。

当時の都は平城京だが、奈良時代の官人たちにとって、明日香旧都は己《おのれ》の生い育った原郷として、心の奥底でいつも懐かしく思い起こされるような場所だった。それゆえ、明日香旧都を思い出の地として歌った歌も少なくない。

そこでこの歌だが、詠まれた背景はわからない。聖武天皇の吉野行幸に従った際に作られたとする説もあるが、確かなことは不明である。

この歌には、「樛の木の　いや継ぎ継ぎに」のように、柿本人麻呂の

*「近江荒都歌《おうみこうとか》」（巻一・二九）の詞句の襲用が見られる。「近江荒都歌」は壬申《じんしん》の乱により廃都となった近江京を歌っているから、なるほど制作動機に共通するところがある。とはいえ、ここに歌われているのは「近江荒都歌」のような荒廃した旧都のさまではない。むしろ、かつて都があった往時さながらに、理想の風景がなお保たれていることが、巧みな対句表現を用いて描き出されている。静的であり、絵画的な構図といってもよい。それゆえこれを赤人の「叙景歌」の典型と見ることもできる。

しかし、ここに描き出された光景は写実とは言いがたい。歌われているのは、「神岳」から俯瞰《ふかん》した旧都の姿だが、その自然や景物は「山・川」「春・秋」「日（昼）・夜」「朝・夕」の対比によって捉えられており、眼前の景そのものとはいえないからである。さらに、ここにはまた旧都の地霊への讃美の意識も見られる。朝雲に乱れ飛ぶ鶴や、夕霧の立ちこめる川に鳴き騒ぐ河鹿《かじか》の声は、地霊の具体的な活動の現れとしても意識されているだろう。

結尾の三句は、前の部分との間に微妙な間隙があることがしばしば指摘されているが、むしろ緊密に呼応していると見ておきたい。「哭のみし泣かゆ」はたしかに悲傷の表現ではあるが、ここはむしろ讃美につながっている。明

＊「近江荒都歌」――→04脚注参照。

日香が旧都となったにもかかわらず、そこがなお理想の地のありかたを保っていることへのつよい感動が歌われているのであり、それはまた明日香の地霊に対する鎮魂にも結びついていると見なければならない。そうした理想の地をみすみす離れたことへの無念さの表明でもあるが、そうした思いこそが地霊への慰撫《いぶ》の意味をもつのである。

「古思へば」のイニシへにも注意する必要がある。現在にまで続くと意識される過去がイニシへであり、それとの断絶を意味するムカシ（昔）とは、あきらかに異なる。明日香京の過去がイニシへであるのは、冒頭にも述べたように、そこが歌い手にとって、懐かしさを喚《よ》び起こす原郷であったからにほかならない。

対句表現の「山高み　川とほしろし」には、さらに大きな問題がある。「山高み」はミ語法だが、原因・理由を示すのではなく、その性状・状態を表す。「とほしろし」は、大きく、雄大であることを示す言葉。作家で『万葉集』の研究者でもあるリービ・英雄氏は、かつてアメリカでこの歌を学び、来日して明日香の実際に触れた時、ほとんど失望ともいうべき印象を与えられた経験を、以下のように述べている。

山部赤人が歌った風景を見ると、その山は高くもない。「山」は「mountain」ではなかった。ちょっとした「hill」（岡）にしか過ぎない。川も、「雄大」からほど遠い、実に小さな、細い流れで、「river」であるとは言いがたい。…書かれた風景と実際の風景のズレにはじめて直面した時、ぼくはひどく失望した（『日本語を書く部屋』*）。

*『日本語を書く部屋』（二〇一一年　岩波現代文庫）

なるほど、その通りに違いない。しかし、リービ氏は、そこに万葉人の「想像力」の現れがあることに気づく。その表現から現実の景観を差し引いたものが、万葉人の「想像力」であろうとも述べている。赤人の「叙景歌」の自然は決して写実的なものではなく、その背後には常に霊的な意志が感じ取られている。その霊的な意志が、リービ氏のいう「想像力」の基盤にあるのではあるまいか。その意味で、この「神岳に登る歌」は、赤人の「叙景歌」の本質をよく示すものといえる。

反歌は、次のような一首。

明日香川川淀《かはよど》さらず立つ霧の思ひ過ぐべき恋にあらなくに　（巻三・三二五）

「明日香川の川淀を離れずずっと立ちこめている霧のように、たやすく思いを消し去れるような慕情ではないことよ」くらいの意。上三句は下二句への比喩的な序だが、長歌の「夕霧に　かはづは騒く」を意識しているから、実景でもある。霧はしばしば晴れやらぬ恋の思いの心象風景になる。

ここでの「恋」だが、明日香旧都への思いと見てよい。「思ひ過ぐべき」の「過ぐ」は、こちらの意志とは無関係に事態が進行していく意。そうした思いが簡単には消え去らないことが、ナクニ止めを用いることで強調されている。

恋の思いは、対象のすばらしさによって引き起こされるから、この一首はむしろ明日香旧都へのつよい讃美を表現していることになる。この反歌を恋歌《こいうた》と見て、恋人への思いをここに読み取る説もあるが、それは誤っていよう。

07

やすみしし　わご大君の
常宮《とこみや》と　仕へ奉《まつ》れる
雑賀野《さひかの》ゆ　背向《そがひ》に見ゆる
沖つ島　清き渚《なぎさ》に
風吹けば　白波騒《さわ》き
潮干《しほふ》れば　玉藻《たまも》刈りつつ
神代《かみよ》より　しかそ貴《たふと》き
玉津島山《たまつしまやま》

安らかにこの国土を支配なさるわが大君の、永遠の宮としてお仕え申し上げる雑賀野から向き合って見える沖の島、その清らかな渚に、風が吹くと白波が立ち騒ぎ、潮が引くと美しい藻を刈り続けて、神代の昔からそのようにも貴いところなのだ、玉津島山は。

【出典】万葉集・巻六・九一七〔紀伊国行幸歌〕

神亀元年（七二四）十月の聖武天皇の紀伊国和歌浦（現在の和歌山市和歌浦）への行幸に際して作られた公的な儀礼歌。聖武天皇は、この年二月四日、元正天皇の譲位を受けて即位した。この行幸の翌月、践祚大嘗祭《せんそだいじょうさい》（正式な即位儀礼が行われるから、この行幸が企てられた背後には、即位とかかわる何らかの政治的な意味が認められる。

この行幸は、十月五日に平城京を出御《しゅつぎょ》し、同二十三日に還御《かんぎょ》している。注意すべきは、雑賀野の離宮滞在中の十六日に、次のような詔が発せられていることである。

山に登り海を望むに、此間《ここ》最も好し。遠行を労《いたは》らずして、遊覧するに足れり。故に弱浜《わかのうら》の名を改めて、明光浦《あかのうら》とす。…春秋二時に、官人を差し遣《つか》はして、玉津島の神、明光浦の霊《みたま》を奠祭《でんさい》せしめよ（『続日本紀《しょくにほんぎ》』同月同日条）。

聖武天皇は、ここで、風光のすぐれた「弱浜」の名を「明光浦」に改めている。それが後に「和歌浦」と表記されるようになる。玉津島神社の祭神が和歌の神として尊崇されるようになるのと同時期のことだろう。

だが、聖武はなぜこの地に赴いたのか。践祚大嘗祭に先立つ*御禊《ごけい》と見る説、中国皇帝にならって「*郊祀《こうし》」「望祀《ぼうし》」を行ったと見る説もある。ただし、それらを証明する積極的な根拠に乏しく、いずれも決め手を欠く。とはいえ、即位とかかわる何らかの意味が、この行幸にあったのは確かなこととといえる。

注意したいのは、右の詔において、山と海の風光に触れ、そこへの「遊覧」

*御禊—即位の後、大嘗祭の前月に、天皇が川原などに出て禊《みそ》ぎをする行事。

*「郊祀」「望祀」—中国の皇帝が、郊外で天地の神を祭祀し、また山川の神を祭祀する行事。

に積極的な意味を見出していること、また「玉津島の神、明光浦の霊《みたま》」を、春秋に祭祀《さいし》することを命じていることである。この二柱の神霊がどのような関係にあるのかは不明だが、あるいは「漠然とこの土地の地祇《ちぎ》を嶋《しま》の「神」と浦の「霊」と呼んだ」ということなのかもしれない（新日本古典文学大系『続日本紀 二』脚注）。この神霊が、後に玉津島神社の祭神として祀《まつ》られていくことになる。

そこで、「遊覧」だが、それは理想の風光を賞美することでもあるから、そこにこの赤人の歌が詠まれる理由もあったことになる。

表現を見ていこう。「常宮と 仕へ奉れる」とある「常宮」は、雑賀野の離宮を指す。「仕へ奉れる」は、それを造営する大宮人の奉仕をいう。離宮は、雑賀崎の東の野、東照宮のある権現山付近に造営されたらしい。以下、そこから俯瞰《ふかん》される景観が歌われる。先の詔にも「山に登り海を望むに、此間最も好し。…遊覧するに足れり」とあった。

「背向に見ゆる」のソガヒは難しい言葉で、語義に諸説あるが、もともと「背向《そむ》かひ」の約であり、背中合わせに対向する位置関係を示す言葉らしい。ここは、「沖つ島」が雑賀野に向き合う位置にあることをいう。

「沖つ島」は、結尾では「玉津島山」と言い換えられている。現在は、すべて陸続きの丘陵地になっているが、当時は妹背山・鏡山・奠供山《てんぐ》・雲蓋山《うんがい》・妙見山・船頭山の六つの小山は海に囲まれた島で、それらが海上に転々と連なり浮かんでいたという（村瀬憲夫*『万葉　和歌の浦』）。そこには海水の洗う、清らかな渚もあったらしい。以下、対句《ついく》仕立てで、風に立ち騒ぐ白波、潮干に玉藻を刈り取るさまが歌われる。その美しい風光を、神代からの貴さの現れと称《たた》えることで、一首を結んでいる。

反歌は二首あるが、一首だけ掲げておく。

若《わか》の浦に潮満ち来《く》れば潟《かた》を無《な》み葦辺《あしへ》を指して鶴《たづ》鳴き渡る　（巻六・九一九）

「若の浦に潮が満ちて来ると、餌をあさる干潟が無くなるので、葦の生えている岸辺を目指して、鶴が鳴き渡って行く」というほどの意。タヅは鶴の歌語。「潟を無み」の「無み」は「無し」のミ語法だが、後に「片男波」と解され、高くつよい波（男波《おなみ》、その反対が女波《めなみ》）を意味するようになった。

また、同じく「片男波」の表記で、いまも和歌浦の砂嘴《さし》部分の地名にもなっている。なお、この歌は、『古今集』仮名序の古注部分にも、後掲の「春の野に」（巻八・一四二四）の歌とともに、赤人の代表歌として引用されている。

＊『万葉　和歌の浦』（一九九三年　求龍堂）

08

天地《あめつち》の　遠きがごとく
日月《ひつき》の　長きがごとく
押し照る　難波《なには》の宮に
わご大君　国知らすらし
御食《みけ》つ国　日の御調《みつき》と
淡路《あはぢ》の　野島《のしま》の海人《あま》の
海《わた》の底　奥《おき》つ海石《いくり》に
鰒珠《あはびたま》　さはに潜《かづ》き出《で》
舟並《な》めて　仕へ奉《まつ》るし
貴《たふと》し見れば

天地が悠遠であるように、日月が長久であるように、海も一面に照り輝く難波の宮に、わが大君は国をお治めになっているらしい。大君の食膳に奉仕する国の、日の神の御料として、淡路の野島の海人が、海の底の奥深くの岩礁に潜っては、鰒玉《あわびだま》をたくさんに採って出し、舟を並べてお仕え申し上げているのは、まことに貴いことだ。これを見ると。

【出典】万葉集・巻六・九三三〔難波宮行幸歌〕

神亀二年（七二五）の聖武天皇の難波宮行幸に際して作られた歌。この直前には、笠金村《かさのかなむら》、*車持千年《くるまもちのちとせ》の同時の作が置かれている。十月十日に出御し、二十一日以降に還御したらしい。難波は古くから宮が営まれたが、孝徳天皇の即位に伴い、難波長柄豊碕宮《なにわのながらのとよさきのみや》が現在の大阪市の上町《うえまち》台地に造営された。それが難波宮である。明日香に都が移った後も、一時火災に遭うなどしたが、建物の一部はなお維持されていたらしい。虫麻呂歌でも述べたことだが、神亀三年（七二六）十月、藤原宇合《うまかい》が「知造難波宮事」に任じられ、難波宮の再建が進められる。この行幸はその前年のことだが、その状況把握の意味もあっただろう。笠金村歌の反歌に「荒野《あらの》らに里はあれども大君の敷きます時は都となりぬ」（巻六・九二九）とあり、荒廃がかなり進んでいたらしいことがうかがわれる。この金村歌で注意すべきは、「都」の語義がわかることである。天皇の住まいする場所が「都」になる。「宮」は神の住まいだから、神である天皇の住まいも「宮」とされ、その「宮」の場所が「都＝宮処《みやこ》」と呼ばれた。そのことがこの歌から確かめられる。

そこで赤人歌だが、「国しらすらし」のところで二つに分かれる。前半部は聖武天皇の治世の永続を称え、後半部は淡路の野島の海人の奉仕のさまを

*車持千年―伝未詳。元正・聖武朝に活躍した宮廷歌人。女性説もあるが、従えない。

歌う。全体として、前年に即位した聖武の治世を祝福している。

前半部の対句「天地の　遠きがごとく／日月の　長きがごとく」は、聖武が難波宮に長く久しく君臨することへの讃美の表現だが、ここには「天地《あめつち》と共に長く日月《ひつき》と共に遠く不改常典《あらたむまじきつねののり》」（『続日本紀』慶雲《きょううん》四年〈七〇七〉七月十七日条の元明天皇即位の詔）が意識されている。「不改常典」は、天智天皇《てんちてんのう》が定めた嫡系相続の原理で、草壁皇子《くさかべのみこ》―文武天皇―（元明）―（元正）―聖武天皇の皇統継受（括弧内は女帝で、聖武天皇に皇位を継受するために即位した）は、これを根拠とする。右に引用した元明天皇即位の詔と聖武天皇即位の詔とにこの言葉が現れる（孝謙天皇即位の詔にも）。よって、この対句は聖武の即位・統治への讃美になる。

「押し照る」は「難波」の枕詞で、同時作の金村歌にも見える。大和から難波への山越えの際、海が一面に照り輝いて見えるところから「難波」に接続させた。「直越《ただこえ》のこの道にてし押し照るや難波の海と名づけけらしも」（神社老麻呂《かみこそのおゆまろ》、巻六・九七七）が、その意義をよく示す。「直越」は大和と難波を直線的に結ぶ山越えの道をいう。ただし、聖武の行幸は龍田越えの道をたどった可能性が高い。

後半部は、すでに述べたように、淡路の野島の海人の奉仕のさまを歌う。

淡路は「御食つ国」と呼ばれている。「御食つ国」は、天皇の食膳の料を貢上する国で、淡路・志摩・伊勢国などが、そうした国とされた。「野島の海人」の「野島」は淡路島の北端に位置するが、その海人は、安曇《あずみ》氏の統括のもと、「五世紀代から大君に海の幸を奉り隷属を深めていた」（直木孝次郎*『飛鳥奈良時代の研究』）とされる。その奉仕のさまは、ここでは「鰒珠」の採取に具体化されている。「鰒珠」は、本来は鰒のもつ真珠を意味するが、ここは食料としての鰒貝を含むと見るのがよい。

末尾の「貴し見れば」は「見れば貴し」の転倒だが、野島の海人の奉仕のさまを、聖武の威光の現れと見て讃美しているから、前半部の治世の永続を称える根拠にもなっている。

反歌は、朝の清爽な気分を歌っている。

朝凪《あさなぎ》に梶《かぢ》の音聞こゆ御食《みけ》つ国野島《のしま》の海人《あま》の舟にしあるらし　（巻六・九三四）

とある。「朝凪に梶の音が聞こえてくる。大君の食膳に奉仕する国、淡路の野島の海人の舟であるらしい」くらいの意。「らし」は聴覚からの推量で、遠くから聞こえて来る楫《かじ》の音を耳にしての想像の景を歌う。

*『飛鳥奈良時代の研究』（一九八八年　塙書房）

09

御食向《みけむか》ふ　淡路《あはぢ》の島に
直向《ただむか》ふ　敏馬《みぬめ》の浦の
沖辺《おきへ》には　深海松《ふかみる》採《と》り
浦廻《うらみ》には　莫告藻《なのりそ》刈る
深海松の　見まく欲しけど
莫告藻の　己《おの》が名惜《を》しみ
間使《まつかひ》も　遣《や》らずて我《われ》は
生《い》けりともなし

大君の食膳に供える粟《あわ》、その淡路島に真正面に向き合う敏馬の浦の沖の方では深海松を採り、浦のめぐりでは莫告藻を刈っている。深海松の名のように深く見たいとは思うが、莫告藻の名のように自分の名が噂《うわさ》に立つことが惜しいので、言《こと》づての使いもやらずにいて、私はとても生きている心地がしない。

【出典】万葉集・巻六・九四六〔敏馬の浦を過ぎる時の歌〕

赤人の旅の歌で、神亀三年（七二六）の聖武天皇の印南野《いなみの》行幸時に詠まれたとする説、あるいは伊予下向に際して詠まれたとする説があるが、確かなことはわからない。いずれにしても、私的な旅の歌ではない。

敏馬《みぬめ》は、神戸市灘《なだ》区岩屋のあたりとされる。難波を出て西行する船が最初に停泊する港だが、題詞には「敏馬の浦を過ぎし時に」とあり、寄港したのかどうかはわからない。柿本人麻呂の「羈旅歌八首」にも、この地を通過した際の歌（巻三・二五〇）があり、赤人がこれを意識した可能性もある。人麻呂歌には、「玉藻刈る敏馬」とあり、赤人歌にもこの浦で藻を刈る海人《あま》の姿が歌われているからである。

この歌の中心は、沖や浦のめぐりで藻を刈る海人の姿を対句仕立てで描き、さらにはそれを家郷に残した妻（恋人）への思慕に転じているところにある。赤人の対句は整然たる様式美がその特徴とされるが、ここにもそれが顕著に現れている。

冒頭の「御食向ふ」は、「淡路」の枕詞だが、その接続が興味深い。淡路国が「御食つ国」であることは前歌でも述べたが、ここではさらに「淡路」を大君の食前に供する「粟」の意に重ねて接続させている。

敏馬の沖で採取される藻が「深海松」だが、ここには妻（恋人）を深めて見る意が込められていよう。梶川信行氏は、清水克彦氏の指摘を踏まえつつ、「淡路」には「逢ふ」意が、「敏馬」には「見ぬ妻《め》」が意識されており、「恋しい人に逢えるはずのアハ（逢）ヂノシマと、まったく正反対の意味をもつミヌメ（見ぬ妻）ノウラが向かい合っている不思議さ」がここに表現されているのではないかとする（梶川信行『万葉史の論　山部赤人』*）。なかなか興味深い指摘といえる。「莫告藻」も「名を告げてはいけない」という意があるから、「名（恋の噂）」が立つことへの畏《おそ》れを示して、次句を導いている。そこで「間使」を遣わすこともしないというのである。「間使」は、都の恋人との間を連絡する使者をいう。

行幸従駕《じゅうが》のような公的な旅であっても、そこで詠まれる歌には、家郷に残した妻（恋人）への思慕を歌ったものが少なくない。そうした思慕は、同行するすべての人の共有する思いでもある。おそらく、旅先の宴席の場などで、こうした歌は披露されたに違いない。そのことを思わせるのが、次の反歌である。

須磨《すま》の海人《あま》の塩焼《しほや》き衣《きぬ》の褻《な》れなばか一日《ひとひ》も君を忘れて思はむ　（巻六・九四七）

＊「読書案内」120頁参照。

「須磨の海人が着るごわごわした塩焼き衣が着慣れてやわやわとなるようにあなたに親しみ馴《な》れたなら、一日でもあなたを思い忘れることがあるだろうか」というほどの意。

右の訳に示したように、あきらかに旅先にある夫を思う妻（恋人）の立場の歌である。「須磨の海人」が歌われるのは、そこが旅の経由地だからであろう。「塩焼き衣」は、「須磨の海人の塩焼き衣《きぬ》の藤衣《ふぢごろも》」（巻三・四一三）といった例があるように、藤などの繊維を織って作った。丈夫だが織り目が粗くごわごわとした労働着だが、着古すと繊維がくたくたになって着やすくなった。それを夫に親しみ馴れる意に重ねた。

赤人には、女の立場を仮構した歌が他にもあるが（巻三・三六一、巻八・一四二六）、ここはそれ以上に、この長反歌が披露された宴席の場の論理を重視すべきだろう。旅先での夫の歌があれば、家郷でその無事を祈る妻の歌がなければならないとする論理である。

10

大夫《ますらを》は御猟《みかり》に立たし娘子《をとめ》らは赤裳裾《あかもすそ》引く清き浜《はま》びを

【出典】万葉集・巻六・一〇〇一〔難波行幸時の作〕

従駕の廷臣たちは狩りの場にお出ましになり、女官たちは赤裳の裾を引きつつ行き来している。清らかな浜のあたりを。

天平六年（七三四）三月、聖武天皇の難波行幸に従駕しての作。船王《ふなのおおきみ》、守部王《もりべのおおきみ》らの作を含む六首中の一首として収められている。

住吉での作も見えるから、そうした海浜に出御した際に作られた歌だろう。男性官人と女官とを対比させつつ、行幸の華やかな遊楽のさまを描いた、いかにも赤人らしいすぐれた一首である。その場を祝福する寿歌《ほきうた》として作られたのだろう。色彩感も際立っており、爽やかな印象を残す。

ただし、「御猟に立たし」には問題がある。「立たし」は敬語だから、この中心には天皇の存在が意識されている。しかし、海浜での狩猟は不自然なので、一般には潮干狩りのような海の狩りを想定する。だが、そう見ると歌柄が極端に小さくなり、下句との対比が弱くなる。そこで、ここを狩猟の模擬行事としての「飾騎・騎射」*と見る説もある。私見でも、山と海の対比をここに見るのがよいと考える。あるいは海浜の近くに猟場があったのかもしれない。

女官たちは「赤裳裾引く」と歌われる。腰から下を覆うスカート状の衣服が「裳」で、その色は身分によってとりどりだった（「衣服令」）。ところが、『万葉集』では、女官の「裳」は常に「赤裳」とされる。「赤」は、神的・霊的なものの憑依《ひょうい》を示す徴表としての色で、そこには女官を神女に重なる理想の存在として描こうとする意識がある。宮廷は、天皇を神とする聖空間だから、それに仕える女官も、神女としての性格を帯びることになる。「赤裳裾引く」は、そうした女官たちが浜辺の貝や海藻を拾うさまを描いている。裳裾を長く引くさまは、美的な感興を覚えさせたらしい。浜辺の白砂とそれに映える裳の赤。色彩の対比のきわめて鮮やかな一首である。

＊「飾騎・騎射」—華麗に馬を飾り立て、馬上から弓を射る行事。

11

我《わ》が屋戸《やど》に韓藍《からあゐ》蒔《ま》き生《お》ほし枯《か》れぬれど懲《こ》りずてまたも蒔《ま》かむとそ思ふ

【出典】万葉集・巻三・三八四

私の家に鶏頭《けいとう》を蒔《ま》いて育てて枯れてしまったが、懲《こ》りずにまた蒔こうと思っている。

題詞に「山部宿禰赤人の歌一首」とある。寓意《ぐうい》性のつよい歌で、本来譬喩歌《ひゆか》に分類されてもよい歌である。

「我が屋戸」の「屋戸」は、家屋を中心とする住まいのことだが、ここは前庭を意識する。そこに「韓藍」を蒔き育てたが、それが枯れてしまったことを歌う。「韓藍」は「韓の藍」で、いまの鶏頭《けいとう》のこと。渡来種で、秋に鶏冠状の赤い花をつける。花汁は移し染めに用いられた。赤い花の植物の名を、青系統の色を意味する「藍」で呼ぶのは不思議なようだが、「紅《くれなゐ》」（＝「呉《くれ》の藍《あゐ》」の約）のように、染め草の色を「藍」で示すこともある。ここもその例になる。

この「韓藍」は、女の譬喩になっている。妻にしようと期待を掛け、成長を待ち望んでいた少女が、いつのまにか誰かのものになってしまったことを寓意しているのだろう。ただし、それは実生活上の事実ではなく、このように歌うことで、いわば文芸的な興趣を楽しんでいるのだろう。

それというのも、次のような類似の歌があるからである。

秋さらば移しもせむと我《わ》が蒔《ま》きし韓藍《からあゐ》の花を誰《たれ》か摘《つ》みけむ

（巻七・一三六二）

この歌でも「韓藍」は、女の譬喩になっている。「移しもせむと」は、花汁の移し染めだが、女をわが物にしようという意にもなるから、発想の共通性は明瞭である。ここでもその女が他人に奪われてしまったことを歌っている。正倉院写経所文書の紙背に「□家の韓藍《からあゐ》の花今見れば移し難《かた》くも成りにけるかも」と記した例もあるから、「韓藍」は奈良時代の人びとにとって、右のようなイメージをもつ花とされていたらしいことがうかがえる。

12

いにしへの古き堤《つつみ》は年深み池のなぎさに水草《みくさ》生《お》ひにけり

【出典】万葉集・巻三・三七八

過ぎ去った以前のこの古い堤はさらに年を深めたので、池の渚に水草が生えてしまったことだ。

題詞に「山部宿禰赤人の故太政大臣藤原家《なきおほきまへつきみふぢはらのいへ》の山池《しま》を詠《よ》める歌一首」とある。故太政大臣藤原不比等《ふひと》の邸宅の園地を詠んだ歌である。不比等は鎌足《かまたり》の次子で、その子に武智麻呂《むちまろ》・房前《ふささき》・宇合《うまかい》・光明子《こうみょうし》らがいる。養老四年（七二〇）八月三日に薨去《こうきょ》し、正一位太政大臣を追贈された。邸宅は光明子が相続し、立后後は皇后宮とされたが、天平十七年（七四五）五月、宮寺（後の法華寺《ほっけじ》）に改められた。隅寺《すみでら》（後の海竜王寺《かいりゅうおうじ》）も不比等旧邸の一部とされる。

そこで、この歌だが、赤人が私的な立場でこうした歌を歌ったとは考えにくいから、不比等追善などの機会に列席した貴顕に赤人が従い、そこで詠じられたと見るのがよいかと思う。次に配列された歌が天平五年（七三三）の作だから、その頃の歌かもしれない。ならば、薨後《こうご》十三年ほどになる。

不比等邸の庭園の池には堤があり、その堤を「いにしへの古き堤」と歌っている。イニシへは現在へのつながりが意識される過去をいう。その堤は、すっかり年を深め、それゆえ池の汀《みぎわ》にはびっしりと水草が生えてしまっている。いずれも主《あるじ》を喪《うしな》ってからの歳月を象徴する。＊草壁皇子《くさかべのみこ》の薨去後、皇子に仕えた＊舎人《とねり》たちが詠じた歌の中に次のような類歌がある。

み立たしし島の荒磯《ありそ》を今見れば生《お》ひざりし草生《くさお》ひにけるかも

（巻二・一八一）

「島の荒磯」は庭園の池の石組みの岸をいう。ほぼ同想の歌だが、こちらはほぼ一周忌近くの作だから、生い茂る水草に日々荒廃していく邸宅のさまが意識されている。一方、赤人歌では、荒廃への嘆きよりも、むしろ時の経過への感慨がつよい。「生ひにけり」の「けり」は、気づき・発見の「けり」。そうした歳月の流れがいまさらながらに意識されたことを歌っている。

＊草壁皇子—天武天皇の皇子。天武の皇太子であったが、天武崩御後、即位せず、間もなく薨じた。「日並皇子《ひなみしのみこ》」とも呼ばれた。

＊舎人—天皇、皇族などに近侍し、雑事に従事した存在。草壁皇子は皇太子だったので、この舎人は東宮舎人になる。

13

春の野にすみれ摘《つ》みにと来《こ》し我《わ》れそ野をなつかしみ一夜《ひとよ》寝《ね》にける

【出典】万葉集・巻八・一四二四〔春野の歌四首〕

春の野にすみれを摘もうとやって来た私は、野があまりにも親しみ深く感じられて、つい一夜寝てしまったことだ。

赤人の作の中でもっともよく知られた一首である。『古今集』仮名序の古注に、赤人の代表作として例示される他、多くの歌集や『源氏物語』等にもその引用が見られる。平安朝の人士にことに愛好された作である。

この歌は、四首一連で、その一首目に配列されているが、*廣瀬《ひろせ》本・紀州本等では二首目と順序が入れ替わる。それを本来とする説もあるが、しばらく現行の配列に従っておく。

＊廣瀬本・紀州本――どちらも『万葉集』の古写本で、鎌倉時代の仙覚が新たな訓読を施す以前の本文を伝える（紀州本は前半部のみ）。

スミレは、スミレ科の多年草で、春に濃紫色の花をつける。その形状が墨《すみ》壺《つぼ》（墨入《すみい》れ）に似ているところからこの名があるとされるが、俗説として否定する向きもある。その種類もいろいろあるらしい。不思議なことに、『万葉集』には、この歌を含め四首にしか歌われていない。

しばしば議論になるのは、スミレを摘む目的である。神事用、食用、鑑賞用などの諸説があるが、春の野の若草摘みであるところに意味がある。平城京のような人工的な都市が成立すると、自然との触れ合いを目的とする空間がその郊外に出現する（古橋信孝『平安京の都市生活と郊外』*）。ただし、その自然は荒々しいものではなく、むしろ和《なご》められたものとしてある。そこで人びとは、そうした空間＝野で野遊びをおこなった。明示はないが、春日野《かすがの》あたりと見ておくのがよい。歌い手は、野にいるうちに、そのすばらしさにすっかり魅了され、思わずそこで一夜を過ごしてしまったというのである。「野をなつかしみ」のナツカシは、対象につよく親和したい気持ちを表す。後代なら風狂ともいうべきふるまいになるが、この歌が平安貴族の心を引きつけたのは、そうした自然との触れ合いが共感をもって受けとめられたからに違いない。女の寓意がここにあるとする理解はおそらく誤っている。

＊『平安京の都市生活と郊外』（一九八八年・吉川弘文館）

14

あしひきの山桜花《やまさくらばな》日《ひ》並《なら》べてかく咲きたらばはだ恋ひめやも

【出典】万葉集・巻八・一四二五〔春野の歌四首〕

あしひきの山の桜の花が、幾日も日を並べてこのように咲くのなら、こうもひどく心引かれることなどありはしまい。

「春野の歌四首」の二首目の歌。桜偏愛の見られる歌で、この歌にも平安朝的な嗜好《しこう》がつよく感じられる。あまりにも有名な『古今集』の在原業平《ありわらのなりひら》の一首、

世の中にたえて桜のなかりせば春の心はのどけからまし　（春上・五三）

にも通じるところがある。

もともと桜は山野に自生する植物で、*呪農《じゅのう》の花と考えられた。鑑賞の対象

＊呪農の花―その年の農作の吉凶を占う意味をもつ花。桜がその代表。
＊旧訓―古写本等に記された旧来からの訓み。

とされ、邸内に植えられるようになるのは、かなり時代が下ってからのことになる。とはいえ、ここにはすでに桜の花へのつよい愛着が見られる。歌い手は、それを桜への恋と捉えている。「はだ」は原文「甚」。旧訓*「いと」だが、「甚《はなは》だ」と同根の語と見て「はだ」と訓んでおく。「日並《ひなら》べて」も、ケナラベテの訓みがある。

続く三首目は、以下のような歌。

我《わ》が背子《せこ》に見せむと思ひし梅の花それとも見えず雪の降れれば
（巻八・一四二六）

「わが背の君に見せようと思っていた梅の花は、どれが花とも見分けがつかない。雪が降っているので」というほどの意。「我が背子」とあるから、赤人は、女の立場で歌っていることになる。そうした例はめずらしくない。

この歌は、梅と雪との紛《まぎ》れを歌っている。梅*は大陸渡来の植物で、当初から鑑賞用とされ、貴族の邸内に植えられた。この時代は白梅のみで、それゆえ、この歌のように雪との紛れを歌った歌も多く見られる。ここもその例になる。「それとも見えず」は、どれが梅の花か見分けられない、という意。

*梅—ここに記したように、梅はこれまで七世紀以降、大陸から渡来した植物とされてきた。ところが、近年、弥生時代には、すでに日本に渡っていたとする説が現れている（有岡利幸『梅Ⅰ』、一九九九年、法政大学出版局）。集落などの周囲に植えられ、中には野生化したものもあったという。とはいえ、『万葉集』においては、梅は貴族の庭園に植えられ、もっぱら鑑賞用の植物とされている。山野に生える梅を歌った例もない。しかも梅は、常に大陸文化との結びつきの中で捉えられている。ウメという言葉自体も、和語ではなく、中国音の写しとされる（『岩波古語辞典』）。古く渡来した植物であったとしても、この点だけは強調しておくべきだろう。

15

明日《あす》よりは若菜《わかな》摘《つ》まむと標《し》めし野に昨日《きのふ》も今日《けふ》も雪は降りつつ

【出典】万葉集・巻八・一四二七〔春野の歌四首〕

明日からは若菜を摘もうと標《しめ》をめぐらしておいた野に、昨日も今日も雪は降り続いている。

「春野の歌四首」の四首目。春の若菜摘みを歌う。ただし、訓みに問題がある。その「若菜」は原文「春菜」で、近年ハルナと訓む説もある。ここは旧訓に従い、ワカナと訓む。ワカナのワカにこそ大切な意味があるからである。一首目が、春の野のスミレ摘みを歌うから、首尾呼応しているともいえる。もっとも、配列に異論もあるから、断言はできない。

春の若菜摘みは、若菜を羹《あつもの》にして食することで、春の息吹に触れ、生命力の甦《よみがえ》りを期待する行事だった。いまも七草粥《ななくさがゆ》の習俗にその伝統が残る。「標めし野」とあるが、「標《し》む」は、標縄《しめなわ》をめぐらすなど占有のしるしを付ける意。そうしたしるしを付けることは、ふつうの野では考えられないから、これを「朝廷の禁野《しめの》」と見る説（講談社文庫）、さらには何らかの神事と結びつけて理解する説（『万葉集評釈』）もある。

結句の「雪は降りつつ」だが、雪が降り続いていて、若菜摘みの妨げになることを危惧しているように見えるが、一方で、雪は豊年のしるしでもあるから、必ずしも否定的な状況を歌ったものではないだろう。「春ごとに　君を祝ひて　若菜摘む　我が衣手《ころもで》に　降る雪を…」（狂言小謡「雪山」）のような例を見ると、そうしたことを思わされる。「つつ」は継続の助詞で、詠嘆がこもる。

この歌で特徴的なのは、昨日・今日・明日のように、過去・現在・未来の時の推移を明確に意識して表現していることだろう。「明日よりは」とあるから、あるいは立春の前日に詠まれた歌なのかもしれない。ならば、祝福的な意味もあったことになる。この一連四首の歌が、宴席の場などで披露された可能性を指摘する説があるが、それは考えられてもよいように思う。

歌人略伝

高橋虫麻呂

高橋虫麻呂は、下級官人であったらしく、生没年や閲歴等がまったく知られておらず、その伝記的資料も、『万葉集』の作品以外には何も残されていない。正倉院文書の天平十四年（七四二）十二月十三日の日付をもつ「優婆塞貢進解《うばそくこうしんげ》」に「少初位上高橋虫麿」の名が見え、これを同一人かとする説もあるが、何ともいえない。養老三年（七一九）に常陸国守となった藤原宇合《うまかい》の下僚として仕えたらしい。虫麻呂を東国出身と見る説もあるが、積極的な根拠に乏しく、それには従い難い。宇合は、按察使《あぜち》を兼帯し、安房《あわ》・上総《かみつふさ》・下総《しもつふさ》国をも管掌したから、虫麻呂もそれらの地に赴く機会があったらしく、そこで耳にした伝説を素材とする歌を詠んだりしている。『常陸国風土記』の資料の蒐集等に、虫麻呂が関与したとする説もある。宇合は養老七年（七二三）頃に帰京するが、虫麻呂もまたそれと前後して、都に戻ったらしい。その後も、宇合との密接な関係は続いたらしく、宇合が難波宮の造営の責任者であった頃には、難波にしばしば赴くなどして、その地の伝説を素材とする歌を作っている。天平四年（七三二）宇合が西海道節度使に任じられると、その前途を祝福する歌を贈っている。養老から天平期にかけて活躍し、『万葉集』の四期分類では、第三期に位置づけられる歌人である。旅と伝説の歌人などとも評される。

山部赤人

山部赤人も高橋虫麻呂と同様、下級官人であったらしく、その事績もまた『万葉集』以外に知るすべはない。赤人は、神亀・天平年間に活躍し、やはり『万葉集』第三期に位置づけられる歌人である。とはいえ、赤人は虫麻呂とは異なり、その本領は宮廷歌人たるところにあり、しばしば聖武天皇の行幸に従駕するなどして、多くの儀礼歌を作っている。宮廷歌人とは一種の学術用語で、そうした職掌が実際にあったわけではないが、宮廷儀礼の場に臨み、その光景を俯瞰的に描くような専門歌人をいう。赤人は、そうした宮廷歌人として、紀伊、吉野、難波、印南野などへの行幸に従ったことが、残された歌によって知られる。その足跡は東は駿河から下総国、西は瀬戸内海を経て伊予国にまで及んでいる。私的な旅とは考えられないから、下級官人としての公的な旅であったに違いない。もっとも、伊予は山部氏の祖先伊予の来目部《くめべ》につながる地であり、赤人も何がしかの感慨をその地に抱いていたらしいことがうかがえる。なお、藤原不比等薨後の旧邸の年古りたさまを歌った一首があり、赤人が若年の折、不比等に仕えた過去があったのではないかと推定する向きもあるが、確証はなく、何ともいえない。制作年次の判明する最後の歌は、天平八年（七三六）の吉野行幸の応詔歌で、その後ほどなく没したらしい。後代の歌人からは、柿本人麻呂と並ぶ「歌聖《うたのひじり》」として尊崇された。

略年譜

注記：◎は歌人にかかわる事項、☆は歌人の活動に関係（対応）する歴史事項。なお、歌人にかかわる事項の中で、句点「。」は事項の区切りを示す（下には続かない）。読点「、」は事項を列挙・並列する場合に使用。＊は注記

高橋虫麻呂略年譜

養老三年（七一九）

◎高橋虫麻呂、常陸守藤原宇合の下僚として、常陸国に在任。「検税使大伴卿筑波山に登る歌」（⑨一七五三〜四）、「刈野橋で大伴卿と別れる時の歌」（⑨一七八〇〜一）、「筑波山に登る歌」（⑨一七五七〜八）、「筑波山に登らぬことを惜しむ歌」（⑧一四九七）、「筑波山の嬥歌の歌（⑨一七五九〜六〇）」、「珠名娘子の歌」（⑨一七三八〜九）、「勝鹿の真間娘子の歌」（⑨一八〇七〜八）、「小埼の沼の歌」（⑨一七四四）、「曝井の歌」（⑨一七四五）、「手綱の浜の歌」（⑨一七四六）は在任中の作か。この時期、『常陸国風土記』の資料蒐集に関与したとする説もある。「富士山を詠める歌」（③三一九〜二一）この前後の作か。

☆七月藤原宇合常陸守、按察使として安房、上総、下総国を管す。

養老七年（七二三）

☆藤原宇合この頃まで常陸在任か。

神亀三年（七二六）

☆一〇月、藤原宇合、知造難波宮事。

天平四年（七三二）

◎「宇合の前途を祝福する歌」（⑥九七一～二）。「三月諸卿大夫等の難波下向の時の歌」（⑨一七四七～五〇）、「難波から還り来りし時の歌」（⑨一七五一～二）この年か。「河内の大橋の娘子の歌」（⑨一七四二～三）、「水江の浦島の子の歌」（⑨一七四〇～一）、「葦屋の菟原娘子の歌」（⑨一八〇九～一一）この頃の作か。

☆三月、難波宮造営ほぼ完成、知造難波宮事藤原宇合以下に褒賞。八月宇合西海道節度使。

天平一四年（七四二）

◎優婆塞貢進解（正倉院文書）に「十二月三日少初位上高橋虫麿貢」とある「虫麿」を同一人と見る説がある。

＊「霍公鳥の歌」（⑨一七五五～六）は制作年次未詳。

山部赤人略年譜

養老四年（七二〇）
☆八月、藤原不比等薨。

神亀元年（七二四）
◎「紀伊国行幸歌」（⑥九一七～九）
☆二月首皇子即位（聖武天皇）。一〇月、紀伊行幸。

神亀二年（七二五）
◎「吉野讃歌」（⑥九二三～七）、「難波宮行幸歌」（⑥九三三～四）
☆五月、吉野行幸。一〇月、難波行幸。

神亀三年（七二六）
◎「印南野行幸歌」（⑥九三八～四一）。「敏馬の浦を過ぎる時の歌」（⑥九四六～七）は印南野行幸時の作か。
☆一〇月、印南野行幸。

天平五年（七三三）
◎「不比等旧邸の山池を詠む歌」（③三七八）この頃か。

天平六年（七三四）
◎「難波行幸時の作」（⑥一〇〇一）
☆三月、難波行幸。

天平八年（七三六）

◎「吉野行幸の応詔歌」（⑥一〇〇五～六）。この年以後まもなく没か。

☆六～七月、吉野行幸。

＊以下制作年次未詳

「富士山を望める歌」（③三一七～八）、「伊予の温泉の歌」（③三二二～三）、「神岳に登る歌」（③三二四～五）、「赤人の歌六首」（③三五七～六三）、「春日野に登る歌」（③三七二～三）、「葛飾の真間娘子の歌」（③四三一～三）、「韓藍の歌」（③三八四）、「春野の歌四首」（⑧一四二四～七）、「百済野の萩の歌」（⑧一四三一）、「藤の歌」（⑧一四七一）、「春鶯の歌」（⑰三九一五）。「辛荷の島を過ぎた時の歌」（⑥九四二～五）は、伊予下向時の作か。

解説　「表現史の中の虫麻呂・赤人」――多田一臣

本書では、『万葉集』第三期の二人の歌人、高橋虫麻呂と山部赤人とを取り上げた。どちらも作品の中心が長歌にあり、また中には同一の素材を詠んだりしているものもあるが、互いの表現世界は大きく異なっている。以下、文学史的あるいは表現史的な観点から、それぞれの歌人について述べていくことにしたい。

●高橋虫麻呂

高橋虫麻呂は、『万葉集』の長歌の表現史を考える上で、きわめて重要な役割を果たした歌人である。長歌の様式を完成させたのは、前代に登場した柿本人麻呂である。人麻呂は、歌謡に起源をもつ叙事を基調とする長歌に、比喩表現を巧みに取り入れ、その調和をはかることで、叙事と叙情の表現を統合し、首尾の整った格調高い長歌を創始した。このような表現性をもつ長歌は、人麻呂においてその極限にまで展開させられることになった。そのため、人麻呂以後の長歌は、いずれもその亜流たるに留まり、それをさらに発展させていく方向にはなかなか進まなかった。

そうした中、長歌の表現に新たな工夫を加え、独自な表現世界を切り開いたのが、高橋虫麻呂である。虫麻呂は、もともと伝承世界に深い関心があったらしく、とくにその前半生、常陸国に下級官人として赴任し、東国のさまざまな伝説に直接触れあう機会を得たことが、その資質の開花に大きな力になったのではないかと想像される。なお、虫麻呂を東国出身者と見る説もあるが、それには従い難い。

さて、そうして耳にした伝説を素材として歌を作るためには、まずは長歌に拠るしかない。短詩形の短歌では、ごく限られた心情描写しか表出しえないからである。そこで虫麻呂は、長歌の叙事脈を最大限に利用することで、伝説の定着をはかろうとした。しかも、それだけではない。その最大の工夫は、語り手による、語りの手法を導入したことである。虫麻呂の長歌は、本文中にも取り上げたが、水江《みずのえ》の浦島の子、周淮《すえ》の珠名娘子《たまなのおとめ》、葦屋《あしのや》の菟原娘子《うはらのおとめ》など、伝説の主人公を取り上げたものが少なくない。これらの作では、語り手を歌の内部に設定し、また末尾を「けり」で結ぶなど、語り手が伝承世界を聞き手の前に引き出そうとする手法が意識的に用いられている。さらには、語り手が、批評的言辞を差し挟み、叙事の内容に介入するなどして、聞き手の共感を喚び起こそうとしている。後者の批評的言辞は、後の時代の物語文学の草子地《そうしじ》（物語の地の文の中で、その場面や登場人物の行動などに対して、作者の批評や感想などが直接に述べられているような箇所のこと）にも通ずる言い回しといえる。

このように、虫麻呂は伝説を歌う際には、長歌に語りの手法を持ち込むことで、その作品世界に奥行きを作り出すことにみごとに成功している。人麻呂によって完成された長歌の様式の限界を突き破る意欲的なこころみとして高く評価することができる。

もっとも語りの手法の導入は、むしろ散文世界（漢文体による叙事）との近接をもたらすことにもなる。それはあらたな長歌の表現の限界を露呈することにもなっていく。和歌の韻律が、語りの叙事をどこまで引き受けることができるのかという問題がそこに現れる。叙事性をさらに強めようとすれば、長歌の枠組みは内側から崩れていかざるをえない。虫麻呂の長歌は、語りが和歌の表現論理と調和することのできるぎりぎりのところで作られていたことになる。虫麻呂が長歌にもたらした方法は、後代にはまったく受け継がれない。それは繰返すように、散文が語りにとってよりふさわしい文体として、その叙事を引き受けるようになることと表裏をなしている。とはいえ、虫麻呂が長歌の可能性を極限まで追求しようとした歌人であることは間違いない。この意味で、虫麻呂は、長歌の表現史の転換点に位置する歌人として位置づけることができる。

そうした転換点に立つ歌人としては、別に山上憶良がいる。憶良は、長歌の内部に思想(批評的視点)を持ち込むことをこころみた。虫麻呂とは方向が大きく異なるが、それまでの長歌の表現の限界を打ち破ろうとした点において、共通するものがあるといえる。憶良と虫麻呂とでは資質や経歴その他に大きな違いがあるが、ほぼ同時期の歌人であり、しかもその二人が等しく長歌の表現の可能性の模索に腐心していたことは、和歌の表現史の展開を考える上で、まことに興味深い事実であったといえよう。

●山部赤人

山部赤人も下級官人であり、その閲歴等はまったく知られていない。活動の時期は、神亀《じんき》から天平前期あたりと考えられている。宮廷歌人として、行幸従駕《じゅうが》歌など、多くの宮廷儀礼歌を作っている。

赤人の評価は時代によって変遷する。当初は、柿本人麻呂と並ぶ「歌聖《うたのひじり》」として尊崇の対象とされていた。すでに『万葉集』の中で、大伴家持は、この二人を「山柿《さんし》の門《もん》」の名で呼び、先達と仰ぐべき歌人と捉えている。「山柿」が誰を指すかについては異論もあるが、人麻呂と赤人と見ることで問題はない。『古今集』の仮名序でも、この二人は「人麿は赤人が上《かみ》に立たむことかたく、赤人は人麿が下《しも》に立たむことかたくなむありける」と評され、前代を代表する二大歌人と見なされている。赤人の詠風についても「歌にあやしく妙《たへ》なりけり」とあり、さらにその古注部分においては、「春の野に」「和歌（若）の浦に」の歌が例歌として引用されている。本文中でも触れたが、この二首などは、平安朝の人士の嗜好あるいはその美意識によくかなうものとして捉えられていたのだろう。平安時代の私家集に「赤人集」がある。これは、右の「春の野に」「和歌の浦に」「明日よりは」など数首の赤人歌を含むものの、その大半は赤人とは無関係な『万葉集』巻十所収歌を集めたものとされる。巻十は四季分類を基本とする歌巻で、自然の景物を詠じているところに特徴をもつ。そうした歌を集めた歌集が「赤人」の名で呼ばれているところに、この時代の赤人理解がよく現れている。「春の野に」「和歌（若）の浦に」「明日よりは」のような歌が、赤人を特徴づける歌として意識されていたことになる。「春の野に」の歌などは、『源氏物語』など平安時代の諸作品にも数多く引用されており、そのこともまた注意される。

右に挙げた赤人の歌はことごとく短歌だが、赤人の歌の中心は長歌にあり、しかも行幸従駕歌のような儀礼歌がその多くを占めている。ところが、そうした長歌は、評価された形跡があまり見られない。もはや長歌が作られなくなった時代状況の反映でもあろう。近代に入ってからも、赤人の長歌の評価はあまり芳しいものとはいえない。赤人の長歌は、しばしば人麻呂の糟粕《そうはく》を嘗《な》めるものと見なされ、詞句の襲用がさまざまに指摘されるなどして、高い評価を得ているとは言いがたいところがある。とはいえ、その表現をよく見ると、端正な格調を備え、静謐《せいひつ》な雰囲気をたたえたものも多く、雄勁《ゆうけい》かつ動的な印象を与える人麻呂の長歌と対蹠的であるところに、むしろ肯定的な意味を見出す向きもある。右の特徴にも通ずることだが、その巧みな対句表現には、整然とした様式美が一貫して見られる。

　そこで、そうした赤人の長歌を肯定する向きは、それを「叙景歌」として意義づけようとする。その理由は、右に述べたような特徴が、とりわけ外界（自然）描写において端的に現れているからである。とはいえ、本文中でも述べたように、その描写を単なる写実や写生と同一視することはできない。その描写の背後には、時として霊的なものが感得されていたり、描写そのものがすでに様式的な把握を経たものであったりするからである。そこで、「叙景歌」という用語そのものについても、それが適切であるかどうかが問われることになる。

　さらに、重要なことは、近代以降の赤人評価もまた、前代までと同様、短歌中心であったという事実である。近代に入って、赤人をもっとも高く評価したのは島木赤彦である。赤彦は、おのれの歌人としてのありようを、赤人への共感の中に見出し、その特質を「天地の寂寥相《せきりようそう》に合している」といった言葉で評した。これは「吉野讃歌」の反歌に付した評だが、この「寂寥」が、その後の赤人を捉える際の鍵語となり、赤人歌の享受に大きな影響を与えた。とはいえ、赤彦はもっぱら赤人の短歌について、こうした評を与えているのであり、近年、そのこともまた反省の対象となりつつある。

もっとも、私見によれば、赤彦の理解は必ずしも偏頗《へんぱ》なものとは言いがたいように思われる。繊細さへの着眼は、すべてではないにしても、長歌にも通ずる大きな特徴でもあるからである。なるほど、赤人の長歌が人麻呂の亜流に留まり、虫麻呂のような表現史の流れを転換するような意味を持ち得なかったことは確かである。しかし、「人生の寂寥所に入」るような自然描写、言い換えれば端正にして繊細なその表現は、次代の大伴家持を通じて、さらに平安朝の和歌にも影を及ぼしていることを認めておかなければならない。長歌、短歌を問わず、赤人の作は、何よりも自然の中に没入し、鋭敏な聴覚によって、その背後にある微妙な響きを感得しえている。そのような、平安の和歌にも流れて行くような感性を導き出したところに、赤人の表現史的意味を見出すべきなのではあるまいか。

読書案内

○高橋虫麻呂

『旅に棲む—高橋虫麻呂論』　中西進　中公文庫　一九九三

もっともすぐれた高橋虫麻呂論。一つ一つの作品を丹念に読み込み、それを通じて虫麻呂像をあざやかに描き出している。虫麻呂東国出自説を主張する。

『高橋虫麻呂研究』　錦織浩文　おうふう　二〇一一

専門の研究書だが、虫麻呂関連の本は少ないので挙げておく。一首一首の詳細な背景、現在の研究状況を知ることができる。

○山部赤人

『万葉集の鑑賞及び其の批評』　島木赤彦　講談社学術文庫　一九七八

戦後の一時期まで、赤人評価の原点となった書。赤人の歌の本質に「寂寥」を見る。赤人の歌だけを取り上げた本ではない。

『万葉史の論　山部赤人』　梶川信行　翰林書房　一九九七
専門の研究書で、文字通りの大著だが、重要な書なので挙げておく。従来の赤人評価を徹底的に検証し、独自の赤人像を打ち立てている。
『山部赤人と叙景』　井上さやか　新典社　二〇一〇
これも専門の研究書。赤人の「叙景」と漢詩文世界とのかかわりを説く。

○共通するものとして

『万葉集全解』全七冊　多田一臣　筑摩書房　二〇〇九～一〇
私のもので恐縮だが、『万葉集』の歌を表現史的視点で読む姿勢を貫いているので、赤人、虫麻呂歌に限らず、機会があったらどこかでながめてほしい。
『『古事記』と『万葉集』』　多田一臣　放送大学教育振興会　二〇一五
放送大学のテキスト。これも私のものだが、文学史的観点から、虫麻呂、赤人についても詳しく触れている。
『万葉語誌』　多田一臣編　筑摩選書　二〇一四
『万葉集』の重要語についての読む辞典。一つ一つの言葉の背後にある古代人の世界像について知ることができる。こういう辞典はほかにはないと自負するところがある。

【著者プロフィール】

多田一臣（ただ・かずおみ）

1949年北海道生まれ。東京大学大学院人文科学研究科国語国文学専門課程修士課程修了。現在、二松學舎大学特別招聘教授、東京大学名誉教授、博士（文学）。
主な著書に『万葉歌の表現』（明治書院）、『大伴家持』（至文堂）、『古代文学表現史論』（東京大学出版会）、『額田王論』（若草書房）、『万葉集ハンドブック』（編著、三省堂）、『日本霊異記』上中下（ちくま学芸文庫）、『万葉集全解』1～7（筑摩書房）、『古代文学の世界像』（岩波書店）、『『古事記』と『万葉集』』（放送大学教育振興会）、『万葉語誌』（編著、筑摩選書）、『柿本人麻呂』（人物叢書、吉川弘文館）などがある。

高橋虫麻呂《たかはしのむしまろ》と山部赤人《やまべのあかひと》　コレクション日本歌人選 061

2018年11月09日　初版第1刷発行

著者　多田一臣
装幀　芦澤泰偉

発行者　池田圭子
発行所　笠間書院

〒101-0064　東京都千代田区神田猿楽町2-2-3
電話03-3295-1331 FAX03-3294-0996

NDC分類911.08

ISBN978-4-305-70901-1

組版：ステラ　印刷／製本：モリモト印刷

コレクション日本歌人選　第Ⅰ期～第Ⅲ期　全60冊！

第Ⅰ期　20冊　2011年（平23）2月配本開始

No.	書名	読み	著者
1	柿本人麻呂	かきのもとのひとまろ	高松寿夫
2	山上憶良	やまのうえのおくら	辰巳正明
3	小野小町	おののこまち	大塚英子
4	在原業平	ありわらのなりひら	中野方子
5	紀貫之	きのつらゆき	田中登
6	和泉式部	いずみしきぶ	高木和子
7	清少納言	せいしょうなごん	圷美奈子
8	源氏物語の和歌	げんじものがたりのわか	高野晴代
9	相模	さがみ	武田早苗
10	式子内親王	しょくしないしんのう（しきしないしんのう）	平井啓子
11	藤原定家	ふじわらていか	村尾誠一
12	伏見院	ふしみいん	阿尾あすか
13	兼好法師	けんこうほうし	丸山陽子
14	戦国武将の歌	せんごくぶしょうのうた	綿抜豊昭
15	良寛	りょうかん	佐々木隆
16	香川景樹	かがわかげき	岡本聡
17	北原白秋	きたはらはくしゅう	國生雅子
18	斎藤茂吉	さいとうもきち	小倉真理子
19	塚本邦雄	つかもとくにお	島内景二
20	辞世の歌		松村雄二

第Ⅱ期　20冊　2011年（平23）10月配本開始

No.	書名	読み	著者
21	額田王と初期万葉歌人	ぬかたのおおきみとしょきまんようかじん	梶川信行
22	東歌・防人歌	あずまうた・さきもりうた	近藤信義
23	伊勢	いせ	中島輝賢
24	忠岑と躬恒	みぶのただみねおおしこうちのみつね	青木太朗
25	今様	いまよう	植木朝子
26	飛鳥井雅経と藤原秀能	あすかいまさつねとふじわらのひでよし	稲葉美樹
27	藤原良経	ふじわらのよしつね	小山順子
28	後鳥羽院	ごとばいん	吉野朋美
29	二条為氏と為世	にじょうためうじとためよ	日比野浩信
30	永福門院	えいふくもんいん（ようふくもんいん）	小林守
31	頓阿	とんあ	小林大輔
32	松永貞徳と烏丸光広	まつながていとくとからすまみつひろ	高梨素子
33	細川幽斎	ほそかわゆうさい	加藤弓枝
34	芭蕉	ばしょう	伊藤善隆
35	石川啄木	いしかわたくぼく	河野有時
36	正岡子規	まさおかしき	矢羽勝幸
37	漱石の俳句・漢詩	そうせきのはいく・かんし	神山睦美
38	若山牧水	わかやまぼくすい	見尾久美恵
39	与謝野晶子	よさのあきこ	入江春行
40	寺山修司	てらやましゅうじ	葉名尻竜一

第Ⅲ期　20冊　2012年（平24）6月配本開始

No.	書名	読み	著者
41	大伴旅人	おおとものたびと	中嶋真也
42	大伴家持	おおとものやかもち	小野寛
43	菅原道真	すがわらのみちざね	佐藤信一
44	紫式部	むらさきしきぶ	植田恭代
45	能因	のういん	高重久美
46	源俊頼	みなもとのとしより（しゅんらい）	高野瀬恵子
47	源平の武将歌人	げんぺいのぶしょうかじん	上宇都ゆりほ
48	西行	さいぎょう	橋本美香
49	鴨長明と寂蓮	かものちょうめいとじゃくれん	小林一彦
50	俊成卿女と宮内卿	しゅんぜいきょうのむすめとくないきょう	近藤香
51	源実朝	みなもとのさねとも	三木麻子
52	藤原為家	ふじわらのためいえ	佐藤恒雄
53	京極為兼	きょうごくためかね	石澤一志
54	正徹と心敬	しょうてつとしんけい	伊藤伸江
55	三条西実隆	さんじょうにしさねたか	豊田恵子
56	おもろさうし	おもろさうし	島村幸一
57	木下長嘯子	きのしたちょうしょうし	大内瑞恵
58	本居宣長	もとおりのりなが	山下久夫
59	僧侶の歌	そうりょのうた	小池一行
60	アイヌ神謡ユーカラ		篠原昌彦

推薦する――「コレクション日本歌人選」

篠　弘

●伝統詩から学ぶ

啄木の『一握の砂』、牧水の『別離』、さらに白秋の『桐の花』、茂吉の『赤光』が出てから、百年を迎えようとしている。こうした近代の短歌は、人間を詠みうる詩形として復活してきた。しかし、実生活や実人生を詠むばかりではなかった。その基調に、己が風土を見つめ、豊穣な自然を描出するという、万葉以来の美意識が深く作用していたことを忘れてはならない。季節感に富んだ風物と心情との一体化が如実に試みられていた。

この企画の出発によって、若い詩歌人たちが、秀歌の魅力を知る絶好の機会となるであろう。また和歌の研究者も、その深処を解明するために実作を始められてほしい。そうした果敢なる挑戦をうながすものとなるにちがいない。多くの秀歌に遭遇しうる至福の企画である。

松岡正剛

●日本精神史の正体

和泉式部がひそんで塚本邦雄がさんざめく。道真がタテに歌って啄木がヨコに詠む。西行法師が往時を彷徨して寺山修司が現在を走る。実に痛快で切実な組み立てだ。こういう詩歌人のコレクションはなかった。待ちどおしい。

和歌・短歌というものは日本人の背骨であって、日本語の源泉である。日本の文学史そのものであって、日本精神史の正体なのである。そのへんのことはこのコレクションのすぐれた解説を読まれるといい。

その一方で、和歌や短歌には今日のメールやツイッターに通じる軽みや速さや愉快がある。たちまち手に取れるし、目に綾をつくってくれる。漢字・旧仮名・ルビを含めて、このショートメッセージの大群からそういう表情をぞんぶんにも楽しまれたい。

コレクション日本歌人選　第Ⅳ期

第Ⅳ期　20冊　2018年（平30）11月配本開始

61	高橋虫麻呂と山部赤人	たかはしのむしまろ とやまべのあかひと	多田一臣
62	笠女郎	かさのいらつめ	遠藤宏
63	藤原俊成	ふじわらしゅんぜい	渡邉裕美子
64	室町小歌	むろまちこうた	小野恭靖
65	蕪村	ぶそん	揖斐高
66	樋口一葉	ひぐちいちよう	島内裕子
67	森鷗外	もりおうがい	今野寿美
68	会津八一	あいづやいち	村尾誠一
69	佐佐木信綱	ささきのぶつな	佐佐木頼綱
70	葛原妙子	くずはらたえこ	川野里子
71	佐藤佐太郎	さとうさたろう	大辻隆弘
72	前川佐美雄	まえかわさみお	楠見朋彦
73	春日井建	かすがいけん	水原紫苑
74	竹山広	たけやまひろし	島内景二
75	河野裕子	かわのゆうこ	永田淳
76	おみくじの歌	おみくじのうた	平野多恵
77	天皇・親王の歌	てんのう・しんのうのうた	盛田帝子
78	戦争の歌	せんそうのうた	松村正直
79	プロレタリア短歌	ぷろれたりあたんか	松澤俊二
80	酒の歌	さけのうた	松村雄二